Feltrinelli

Banana Yoshimoto
Chie-chan e io

Traduzione di Giorgio Amitrano

Titolo originale dell'opera

チエちゃんと私

(*Chiechan to watashi*)

© 2007 Banana Yoshimoto
Edizione originale pubblicata da
Rockin'on Inc., Japan
Diritti per la traduzione italiana concordati con Banana Yoshimoto
tramite Zipango, S.L.

Traduzione dal giapponese di
GIORGIO AMITRANO

© Giangiacomo Feltrinelli Editore Milano
Prima edizione ne "I Canguri" giugno 2008

ISBN 978-88-07-70196-2

www.feltrinelli.it
Libri in uscita, interviste, reading,
commenti e percorsi di lettura.
Aggiornamenti quotidiani

Avvertenza

Per la trascrizione dei nomi giapponesi è stato adottato il sistema Hepburn, secondo il quale le vocali sono pronunciate come in italiano e le consonanti come in inglese. Si noti inoltre che:
ch è un'affricata come la *c* nell'italiano *cesto* (Chie-chan si legge "cie cian")
g è sempre velare come in *gatto*
h è sempre aspirata
j è sempre aspirata
s è sorda come in *sasso*
sh è una fricativa come *sc* nell'italiano *scelta*
w va pronunciata come una *u* molto rapida
y è consonantica e si pronuncia come la *i* italiana.
Il segno diacritico sulle vocali ne indica l'allungamento.
Seguendo l'uso giapponese, il cognome precede sempre il nome (fa qui eccezione il nome dell'autrice).
Per il significato dei termini stranieri si rimanda al *Glossario* in fondo al volume.

È accaduto d'estate. Chie-chan, la mia compagna d'appartamento, aspettando che scattasse il semaforo si era sporta un po' dal marciapiede. Una moto imboccò la curva a tutta velocità e lei, per schivarla, fu investita da una macchina e subito dopo trasportata in ospedale con un'ambulanza.

Mi chiedo adesso se non sia stato allora che qualcosa cominciò a muoversi.

Le cose che ci sembrano uguali e stabili in realtà scorrono in modo impercettibile e si modificano, lasciando sempre intravedere qua e là dei segnali. Come in un caleidoscopio, basta il più piccolo movimento e il mondo si trasforma rapidamente.

Può sembrare che il cambiamento non sia stato importante, ma se ci si volta indietro di colpo, il paesaggio di prima si è già dissolto e non lo si può più ritrovare. È un processo che si ripete all'infinito. Così il mondo può espandersi senza limiti, e di questo movimento si possono anche cogliere i segnali.

In quel momento ero in un ristorante italiano e stavo bevendo uno squisito champagne ghiacciato. Scendeva la sera, e avevano appena cominciato ad accendere delle bellissime luci.

Naturalmente avevo il cellulare spento, ma mentre ero in

bagno, colta da un presentimento improvviso, lo accesi. Il display segnalava un messaggio vocale. Ascoltai: era la voce di Chie-chan che diceva: "Sono stata investita da un'auto e mi trovo al pronto soccorso dell'Ospedale di N, nell'ala est".

Ne fui sconvolta al punto che per un attimo tutto si annebbiò, poi mi resi conto che, se parlava con un tono di voce così normale, non era certo in pericolo di vita. Allora, un po' più calma, tornai al mio tavolo. Ma ero ancora talmente scossa da non riuscire a riordinare i pensieri.

Da un momento all'altro mi avrebbero servito il mio piatto. Ero ospite di altre persone, la cena non era ancora iniziata ed eravamo nel pieno della conversazione. Potevo andarmene così?

Per un istante esitai. Odiai me stessa per questo, ma esitai. Mi dissi: E se facessi finta di non aver sentito il messaggio, solo per queste due ore?

Però, pensai, se rimanessi qui fino alla fine della cena, in che stato d'animo mangerei? Avrei la sensazione di masticare sabbia, sarei sempre più nervosa, impaziente di finire.

Pensai che ogni boccone avrebbe perso il suo sapore, come il cibo delle veglie funebri.

Se invece mi fossi imposta di non pensarci, e avessi scelto di mangiare con calma, gustando la cena, sarei stata male dopo. Se trascinata dalla situazione mi fossi comportata così, sentivo che poi, nel ripensare a quel momento, avrei disprezzato me stessa per essere restata lì a mangiare con piacere. Ero sicura che mi ci sarebbero voluti anni per superare quel senso di colpa.

Sebbene fossi sconvolta, avvertivo che quella sensazione era molto simile a un'altra. Ma a quale? E frugando dentro di me capii: era come quando, spinti da un impulso, si tradisce. Forse le sensazioni erano simili perché entrambe legate al desiderio. Pensai che la forza dei cibi appetitosi era molto più potente di quanto immaginassi, ed era il tipo di tentazione a cui le persone oggi soccombono con maggiore facilità.

Per fortuna non era una cena a due, e questo mi rese più

semplice allontanarmi. Spiegai la situazione agli altri tre, fra cui un'amica di mia zia (che è anche il mio capo), e mi profusi in scuse. Chiesi scusa anche al padrone del ristorante che, premurosamente, insisté perché mangiassi almeno un boccone prima di andarmene. Subito mi portarono delle tartine. Le mangiucchiai in fretta, mandai giù ancora un sorso di champagne, e andai via.

Fino al momento di uscire, sentendomi in imbarazzo, avevo agito in modo incerto, ma appena misi piede fuori dal ristorante mi congratulai con me stessa per la decisione presa.

In strada si respirava l'aria calda di una sera di piena estate.

Fermai un taxi e vi salii al volo.

In quell'occasione ho potuto scorgere, almeno in parte, la vera natura del desiderio.

Vivendo, nei momenti più impensati si trovano le risposte più impensate. Scoprirle è così interessante che varrebbe la pena di vivere solo per questo. Se non ci fosse stato quel momento, l'esistenza del desiderio dentro di me si sarebbe dissolta nel vortice dei pensieri, uno fra tanti.

Già da tempo avevo cominciato a intuirlo, ma finalmente capii il fatto incredibile che qualunque tipo di desiderio – la voglia di fare l'amore, di mangiare, di dormire, di denaro, di salute, di bellezza – se viene controllato al suo primo manifestarsi può essere tenuto a bada facilmente. Tuttavia quell'impulso iniziale è molto forte, abilmente forgiato dalla natura in modo che le persone non riescano, istintivamente, a resistervi. È uno stratagemma nato per la sopravvivenza, e che oggi risponde ad altre esigenze più difficili da comprendere.

Lo capii perché, dopo aver preso il taxi, non erano passati neanche due minuti che quel desiderio, fino a poco prima così chiaro e irresistibile che mi aveva trascinato con tanta forza, era, incredibilmente, del tutto svanito. Come non fosse mai esistito. Al suo posto c'era in me solo la voglia di arrivare prima possibile da Chie-chan.

Meno male, il desiderio si è allontanato da me, pensai mentre la forte aria condizionata nel taxi mi asciugava il sudore.

Nella sala d'attesa del pronto soccorso con il condizionatore al massimo, infreddolita nel mio vestito di organza nero, le spalle appena coperte da uno scialle sottile, ero decisamente fuori posto: penso fosse evidente che ero arrivata lì di corsa.

C'erano persone di tutti i tipi, da quelli che erano venuti per la febbre di un bambino, ad altri che sembravano avere problemi ben più gravi. C'era anche chi piangeva in silenzio. E una famiglia, esausta per l'attesa, che si era addormentata sulle panche. Le ambulanze arrivavano senza pausa, e in breve tempo vidi portare dentro non so quante persone. Pensai che, tra quelle, alcune non avrebbero avuto nessuno che si precipitava lì per loro, e questo mi intristì.

In quell'atmosfera di tensione dove sarebbe potuto accadere di tutto, pensai: Se Chie-chan fosse morta, io...

Nella mia testa si formò una specie di vortice, e ne fui risucchiata. Mi si strinse il cuore, e stavo per essere trascinata da quella fantasia spaventosa, quando finalmente chiamarono il mio nome.

Entrai in silenzio nella stanza. Era un ambiente molto vasto diviso da tanti paraventi che lo trasformavano in un labirinto. L'atmosfera mi ricordava *Suspiria*, che avevo visto tanti anni prima: la scena in cui le giovani allieve dell'accademia di danza vengono messe a dormire nella palestra, perché le loro stanze erano state invase da vermi caduti dal soffitto.

Percepii il dolore dei drammi vissuti in ogni singolo letto al di là delle tende. Quella stanza non aveva niente a che fare con me o con Chie-chan, era un luogo estremo in cui vorticavano i pensieri drammatici di tante persone.

Seguii come in trance l'infermiere che mi accompagnava.

Poi giunsi al posto di Chie-chan.

Era stesa su una branda, con una flebo attaccata al braccio. Quando mi vide mosse leggermente le labbra dicendo: "Scusa".

Aveva una larga escoriazione sul viso che il cerotto non riusciva a coprire completamente.

Il medico mi spiegò tutto in modo esauriente, parlando come un libro stampato: "Lo svenimento è stato causato solo dallo shock, quindi sarà sufficiente tenerla qui una notte, e domani potrà già essere dimessa. Però in mattinata, per sicurezza, le faremo un elettroencefalogramma..." eccetera eccetera. Io lo ascoltavo un po' stranita. Avevo capito che non era niente di grave, e per questo ero sollevata, ma Chie-chan sembrava molto triste per il fatto di non poter tornare subito a casa. Alle parole "una notte" aveva aggrottato le sopracciglia.

Chie-chan riesce a dormire solo con il suo cuscino.

"Vuoi che ti porti il cuscino, o qualcosa per cambiarti?" le chiesi.

Lei, a bassa voce, mi rispose che non era necessario.

"Sono in un tale stato di shock che non riuscirei a dormire nemmeno col mio cuscino. Stanotte proverò a pensare con calma a quello che mi è successo. Mi servirebbe solo la tessera sanitaria. Potresti portarmela domani?"

Oggi Chie-chan parla più del solito, e di cose normali, pensai. Lei, che nelle nostre conversazioni quotidiane si limitava più che altro a fare sì o no con la testa, doveva essere eccitata a causa dell'incidente.

Anche se era lì stesa sulla branda davanti ai miei occhi, avevo la sensazione che fosse tutto uno strano sogno.

Uscita dall'ospedale, presi un taxi e tornai a casa.

Quando aprii la porta, sentii nell'aria l'odore della zuppa di *miso*.

Era la zuppa che aveva preparato Chie-chan.
Se Chie-chan fosse morta... pensai di nuovo.
Sarei rimasta sola qui dentro.
Nel rendermi conto, ancora una volta, che era una cosa che poteva capitare a chiunque in qualsiasi momento, ebbi un brivido al cuore.

Niente di ciò che indossavo poteva essermi di aiuto, non il vestito di Gucci, né le mie *mules* né la borsa di Fendi né lo scialle di Etro. Erano solo accessori di questa creatura chiamata Kaori, fatta di carne e spirito, disorientata e piangente. Se fossi stata in jeans e con la borsa della spesa, non avrebbe fatto nessuna differenza. Tutti quegli splendidi ornamenti erano fatti per persone in grado di riconoscerne il valore e il prezzo, che li usavano come un lasciapassare per muoversi con sicurezza nei posti giusti, come le regole sociali, soprattutto all'estero, impongono.

Io che andavo spesso in Europa per lavoro ero costretta a indossare quegli abiti, ma li portavo come una specie di uniforme, uno schermo che mi proteggeva dal giudizio degli altri e dalla fatica di dover spiegare la mia personalità. Quando mi ero vestita in maniera un po' trasandata, ero stata rimproverata con tatto da mia zia. Se le stesse cose me le avesse dette mia madre, le avrei risposto di lasciarmi in pace, che volevo vestirmi come mi pareva. La zia però era anche il mio capo e naturalmente io non volevo creare problemi alla sua attività, quindi per anni mi sono presentata al lavoro vestita sempre in modo impeccabile. Ma non mi ero mai soffermata a pensare al significato di queste scelte.

Quando sono a casa mi vesto nel modo più casual, ma la "forma" degli abiti che uno indossa abitualmente si imprime nelle persone e resta anche quando sono nude. Perciò, dovunque mi trovi, tendo a comportarmi come una persona curata nel vestire. Ma quella notte capii, come mai prima, che tutte quelle cose non contano niente in confronto alla vita delle persone, e che il fatto di poterci dedicare del tempo è una malattia moderna fatta di abitudine, tempo libero e ossessioni.

Tuttavia, quando per caso lo sguardo mi cadde sulle ginocchia, pensai che la vista di un bel tessuto è di grande conforto allo spirito. Quindi, tutto sommato, quelle cose non erano completamente inutili.

Le clienti del negozio per cui lavoro sono in gran parte persone che, per ragioni di età, si trovano più spesso a contatto con la morte. Questo è un fatto da tenere ben presente quando si scelgono le merci.

Il loro atteggiamento è completamente diverso da quello delle giovani, che comprano abiti griffati per essere più belle e darsi importanza. Le nostre clienti, in genere di mezza età o anche più anziane, sono abituate a indossare capi di qualità per essere eleganti in tutte le circostanze, comprese le più tristi, quindi sono diverse anche le cose che scelgono: a me sembra che i più adatti a loro siano gli articoli che, sebbene di lusso, non comunicano un senso di freddezza e appaiono naturali.

Assorta in questi pensieri, mi asciugavo le lacrime.

Ho sempre preso il lavoro molto seriamente. Credo sia perché sono cresciuta con l'esempio di un padre, impiegato nel settore alberghiero, per cui il lavoro era tutto. Il fatto che potessi ragionare così sugli aspetti del mio lavoro era una prova della sicurezza che avevo acquisito nel mio campo.

Quando, all'ospedale, avevo visto Chie-chan sana e salva, mi ero resa conto per la prima volta di essere veramente sconvolta. Da quel momento non mi ero più ripresa.

Anzi, ero molto più agitata adesso di quando avevo appreso la notizia.

E dopo tanto tempo capii fino a che punto dipendevo da Chie-chan.

Nel monotono scorrere dei giorni, Chie-chan era diventata una presenza quotidiana, un'immagine così abituale che finivo a volte col dimenticarne il valore.

Come metafora non è molto bella, ma dividere questo periodo della mia vita con Chie-chan mi dava una felicità senza ombre, come quando vivevo col mio amato cagnolino Shih tzu.

In quel periodo, quando mi svegliavo al mattino e lui saliva sul mio letto scodinzolando, ritrovarlo era sempre una gioia grandissima, ed ero felice di passare la giornata con lui, felice quando la sera si metteva a dormire ai miei piedi. Pregavo che quello stato di grazia potesse durare il più a lungo possibile... Paragonare Chie-chan a un cane non sarà carino verso di lei, ma non so trovare esempio più calzante.

Mi bastava che Chie-chan fosse in casa per provare la sensazione di aver ricevuto un dono prezioso, non meritato. Era una sensazione che non avevo mai provato per nessun'altra persona. Dalla famiglia ero sempre stata ansiosa di staccarmi, e anche quando ero travolta dalla passione per qualcuno, mi godevo i momenti di solitudine a casa mia. Come ero potuta cambiare così tanto?

Vivendo con lei ero avvolta da una sensazione simile a quella che si può provare quando un uccellino tutto colorato, che si è smarrito, entra in casa e si mette a beccettare le briciole di pane davanti ai tuoi occhi. E a te basta che sia lì, non hai bisogno di nient'altro.

Io sono una persona fondamentalmente serena, senza lati oscuri, ma a volte, quando mi capitava di pensare che Chie-chan avrebbe potuto stufarsi di me e andarsene all'improvviso, riuscivo persino a comprendere un poco quelli che, dopo aver ucciso la loro donna, si giustificano dicendo: "Avevo capito che stava per lasciarmi, e a quel punto ho dovuto strangolarla".

Perché sapevo fin troppo bene che lei non avrebbe sopportato di restare in un posto che non le piaceva, e che una volta andata via non sarebbe tornata mai più.

Se un giorno avesse smesso di volermi bene, certo non l'avrei uccisa, ma ero sicura che ne avrei sofferto moltissimo.

Quando rientravo a casa dal lavoro, la prima cosa che facevo era riscaldare la zuppa di *miso* preparata da Chie-chan e berla.

Poi, se lei me lo chiedeva, le tagliavo la frangetta di circa un millimetro, piegavo la biancheria lavata e asciutta di tutt'e due, e in genere facevo da mangiare. I giorni in cui non cucinavo o quando Chie-chan aveva già cenato per conto suo, mi arrangiavo con quello che c'era, e alla fine lavavo i miei piatti insieme a quelli lasciati da lei. Poi, se avevo tempo, rammendavo dei vestiti o dei calzini di Chie-chan, che odia buttare le cose a cui è affezionata, oppure con gli avanzi preparavo qualcosa per l'indomani. In modo che lei non saltasse il pranzo. Ma non si può sempre prevedere cosa accadrà, e a seconda dei giorni questa routine poteva variare.

Fra una cosa e l'altra finivo sempre col fare tardi, mentre Chie-chan andava a dormire presto. Solo quando ero molto stanca per i lavori di casa, o avevo la stanza sottosopra, mi capitava di provare un po' di fastidio per lei. C'erano anche sere in cui, pensando a tutte le cose che avrei dovuto fare il giorno dopo, mi saliva una rabbia senza senso, che però non era rivolta contro nessuno in particolare. Questo stato d'animo, che mi assale soprattutto di notte, non era indice della mia insofferenza nei confronti di Chie-chan, ma rifletteva semplicemente il grado di stanchezza di quel giorno.

In effetti, anche se poteva sembrare che fossi io quella che dedicava più tempo alle faccende domestiche, l'impressione era dovuta al fatto che io occupavo più spazio nell'appartamento e che, mancando parecchio tempo da casa, concentravo il mio da fare in poche ore, ma a tenere tutto pulito, fino a far brillare i pavimenti, la stanza da bagno, era lei.

Chie-chan era Chie-chan, un'esistenza neutrale.

Nel bow-window si sviluppa uno strano paesaggio, creazione di Chie-chan. Un paesaggio impensabile prima che lei venisse a vivere da me. Varie piante stagionali erano disposte in file regolari dentro una serie di contenitori di plastica come quelli usati per le fragole o l'uva. In quel periodo erano quasi solo ipomee. Chie-chan usava sempre quei contenitori perché secondo lei costavano poco e permettevano di ottenere un ambiente omogeneo.

In genere Chie-chan non buttava le piante che si erano seccate. La vista di quei contenitori così perfettamente allineati faceva pensare che stesse facendo qualche esperimento. Siccome a volte succedeva che le piante tornassero a germogliare e a fiorire, immaginavo che avesse ragione a non buttarle. Probabilmente sotto la terra c'erano dei bulbi ancora vivi, ma io, non capendo nulla di piante, non ne avevo idea.

Quando Chie-chan non c'era, sembrava che su quel giardinetto si fosse abbattuta una maledizione.

In origine l'appartamento era mio, e conteneva solo cose belle, moderne, come piacciono a me. Ma, senza che me ne accorgessi, Chie-chan vi si era mescolata e il mio appartamento si era trasformato in un luogo diverso e strano. Non sapevo più che cosa avrei voluto farci, e che cosa desideravo davvero. Era rimasta solo la mia stanza a dare vita al mio mondo. Mantenere una parte del mio spazio, per una persona come me, che ha le sue nevrosi, era molto importante. Se non avessi avuto almeno quella, sarei impazzita.

Tuttavia, ora, quel paesaggio di piante ordinatamente allineate da Chie-chan, lo trovavo bello. Aveva qualcosa di artistico. Possedeva quell'elemento ambiguo e vagamente indecente caratteristico dell'arte creata usando la vita.

Erano sei anni che Chie-chan e io abitavano insieme.

Nel frattempo, lei aveva compiuto trentacinque anni e io quarantadue.

Non immaginavo che avrei passato così la mia età matura.

Due testarde ex ragazze che dividevano l'appartamento e la vita.

Alcuni anni prima i miei genitori si erano trasferiti in Malesia.

Molto tempo prima mio padre si era ammalato di cancro allo stomaco, aveva subito un'operazione, combattuto con successo gli effetti collaterali della chemioterapia e, non avendo più avuto ricadute, ormai si poteva considerare completamente guarito.

Ma quegli anni di lotta contro la malattia avevano lasciato in me e mio fratello più piccolo, che stavamo vivendo la delicata fase dell'adolescenza, delle piccole ferite. Non posso entrare nella mente di mio fratello, ma non ho dubbi che per questa ragione si sia attaccato ancora di più ai nostri genitori, mentre io, da allora, mi porto dentro una sottile inquietudine.

Non sono capace di tradurre questa sensazione in parole, ma se mi sforzassi di farlo, le parole sarebbero: "Da un momento all'altro potrebbe arrivare una cattiva notizia, e se quella cattiva notizia arrivasse, la mia vita di ora finirebbe di colpo". Penso che la mia sensibilità di ragazza abbia assorbito in pieno la paura di mia madre per la malattia di mio padre. Quell'inquietudine si è attaccata alla mia vita come una macchia indelebile.

Mi resi conto per la prima volta di questa presenza dopo che Chie-chan era venuta ad abitare a casa mia. È stato guardandola vivere ogni giorno, osservando la sua forza straordinaria, quasi animalesca, che ho finalmente preso coscienza delle ferite che avevo dentro di me.

Anche nei giorni in cui arriva una cattiva notizia può accadere qualcosa di buono, e il mondo non finisce né cambia così, da un momento all'altro... adesso lo so, ma per capirlo mi ci sono voluti anni e anni. Quanto più mia madre si mostrava sorridente, tanto più l'ansia si radicava in me, e insieme cresceva la convinzione di dovermi mostrare anch'io, come lei, allegra e serena.

La malattia di mio padre cambiò il modo di pensare dei miei genitori.

Lui, che aveva sempre lavorato sodo, quando raggiunse l'età della pensione cominciò a dire: "Visto che prima o poi dovrò morire, almeno una volta nella vita mi piacerebbe vivere in un posto caldo", e quasi da un giorno all'altro lui e mia madre decisero di trasferirsi all'estero.

Se succedesse qualcosa credo che tornerebbero, e mio fratello, che adora i nostri genitori, sarebbe certamente pronto ad accoglierli in qualsiasi momento. Lui è sposato e lavora come rappresentante in Giappone di un grande complesso alberghiero malese. I miei si resero conto che, grazie al suo lavoro che lo porta spesso in Malesia, avrebbero potuto usufruire di diversi vantaggi, così, dopo esserci stati alcune volte in vacanza, decisero infine di andarci a vivere. Anche l'appartamento dove abitano, glielo ha trovato un amico di mio fratello.

Il fatto che i miei, che avevano sempre programmato qualsiasi cosa, si fossero lanciati in un'impresa così avventurosa mi sbalordì, ma capii allora da dove provenisse quella vena che scorre dentro di me, quell'"abbandonarsi alla corrente senza preoccuparsi del dopo". Probabilmente era un lato che entrambi avevano avuto da giovani e che, a causa dei figli e del troppo lavoro, si era oscurato, ma non spento del tutto. Altrimenti non avrebbero potuto godersi quella vita da espatriati con tanta naturalezza.

Quel giorno, mio fratello era passato da casa dei miei verso l'ora di cena.

"Papà, visto che quando andrai in pensione vorreste trasferirvi in un posto caldo, perché non andate a stare in Malesia? Ci sono tanti giapponesi, e penso che la vita sia meno cara che a Okinawa."

Da quando mio fratello lanciò questa idea di punto in bianco, non passarono nemmeno sei mesi che i miei si trasferirono lì.

Per caso quella sera ero andata da loro. Avevo aiutato mia madre ad arrotolare i ravioli cinesi da fare bolliti, e li stavamo mangiando quando lui arrivò per una visita improvvisata.

Ripensandoci, fu una delle rare volte in cui ci ritrovavamo io e mio fratello soli con i nostri genitori, senza sua moglie e la figlia. La nostra famiglia era tornata di quattro persone, come un tempo.

Credo che i progetti destinati a realizzarsi siano quelli in cui anche i tempi combaciano alla perfezione. Questa volta era stato molto diverso da quando mio padre aveva accennato, con tono vago e senza convinzione, che dopo la pensione gli sarebbe piaciuto affittare un appartamento a Okinawa dove andare ogni tanto. In quel momento vidi lo sguardo di mio padre, che quando parlava di Okinawa era sfocato come se stesse guardando un evento lontano ("Sì, magari non sarebbe male"), cambiare. Vidi che qualcosa aveva toccato le corde giuste, e sia lui che la mamma erano entrati in fermento.

Notai la velocità con cui la loro mente aveva cominciato a elaborare i pensieri in rapida successione:

"Ma sì, non è affatto una cosa impossibile, c'è nostro figlio che conosce bene il posto, perché non provarci? Sì, proviamoci, e una volta deciso è meglio farlo al più presto".

Io e mio fratello, convinti che i nostri genitori fossero persone radicate nelle loro abitudini, poco propense ai cambiamenti e prive di ogni capacità dinamica, ancora mentre li aiutavamo nel trasloco e nella preparazione dei documenti, continuavamo a essere increduli.

"Non immaginavo che l'avrebbero fatto davvero" dicevo io.

E lui: "Nemmeno io".

Questo scambio di battute si ripeté fra noi non so quante volte.

Io avevo sempre vissuto libera come piaceva a me, e la mia giovinezza era passata senza avere dei figli, ed ecco che mi ritrovavo a occuparmi di una persona assurda come Chie-chan. Ecco, così è la vita, pensai. Le materie da studiare sono decise dall'inizio, ignori quando e in che forma si presenteranno, ma sai che prima o poi sarai costretta ad affrontarle.

Quando ero molto giovane, avevo avuto una storia con un ragazzo italiano che era in Giappone per studio, e dopo il suo ritorno a casa andai più volte a trascorrere brevi periodi in Italia, dove frequentai dei corsi, imparando a parlare la lingua.

La nostra love story non andò a buon fine, ma l'italiano mi rimase in testa.

Quando mia zia, la sorella maggiore di mio padre, aprì un negozio di articoli importati dall'Italia, mi chiese di collaborare con lei. Sarei stata responsabile degli acquisti, e avrei dovuto lavorare come commessa nelle esposizioni in cui, alcune volte all'anno, presentava i suoi articoli. Questo avveniva circa sette anni fa.

Prima di allora mi ero guadagnata da vivere facendo traduzioni o dando lezioni di italiano, ma da quel momento lasciai tutto per dedicarmi solo all'attività della zia. Solo ogni tanto mi capitava di accettare qualche lavoro di traduzione, ma in realtà ormai lavoravo esclusivamente per lei: quando non ero in Italia passavo tutti i giorni al negozio e in più ero sempre impegnata a programmare gli acquisti futuri.

La zia è sposata con un architetto incredibilmente ricco che conosce da quando era bambina. Pare che sia stato lui a finanziare la sua impresa, senza la minima difficoltà.

Lei però aveva preso il lavoro abbastanza sul serio e il suo negozio non era uno dei tanti aperti solo per hobby. Mia zia adora l'Italia, e nel corso degli anni ci sarà andata decine di volte. Ha le idee molto chiare su quali articoli acquistare, ma imparare la lingua le sarebbe costato troppa fatica, e poi la sua presenza era richiesta sia dal marito che dalle clienti. Inoltre non le piace viaggiare se non per divertimento, quindi ha pensato di chiedere a me, che sono una parente e conosco abbastanza l'Italia, di aiutarla.

Occuparsi del negozio, per lei, includeva anche il curare i rapporti con amiche e conoscenti, e con le mogli dei clienti di lavoro dello zio, cosa di cui lui le era grato, perciò la mia presenza diventava sempre più indispensabile per controllare la qualità delle forniture.

Su richiesta della zia, andavo a Roma e Milano circa tre volte l'anno, recandomi nei negozi che trattavano le merci che le interessavano, e lì contrattavo per ottenerle ai prezzi più convenienti. Andavo anche in outlet un po' fuori mano a cercare gli articoli migliori, e compravo borse e altri accessori di marca su richiesta delle sue amiche, che al ritorno mi davano una mancia. Come lavoro part-time non era davvero male.

Nei miei viaggi, per risparmiare sulle spese, dormivo da sola in alberghi non troppo costosi e passavo la maggior parte del tempo a fare pacchi. Quelli troppo voluminosi erano da evitare perché attiravano l'attenzione, quindi distribuivo le merci in più scatole e le facevo partire in spedizioni separate e da posti diversi. Quando portavo nel bagaglio a mano gioielli e accessori preziosi ero sempre sulle spine per la paura che me li rubassero. Anche le bottiglie di vino che mi venivano richieste le portavo con me.

Coerente con il mio passato di giovane studentessa squattrinata, non avevo particolare desiderio di mangiare cose speciali o di fare la turista, quindi me ne stavo per ore nella mia stanza d'albergo a preparare con calma i pacchi mentre guardavo la tivù, o mangiavo una pizza, dei panini o del formaggio comprati fuori, un modo di passare il tempo che non mi dispiaceva per niente. E poi questo tipo di cibi, in genere cattivi, in Italia sono sempre ottimi, per cui i miei spuntini improvvisati, con un buon vino comprato in enoteca, guardando un film alla tv, erano tutt'altro che tristi.

Mi bastava ammirare le piazze e le chiese della zona intorno all'albergo, disseminata di tesori incredibili, e anche il mio bisogno di arte era completamente appagato. A poca distanza trovavi una scultura del Bernini, una di Michelangelo e un quadro di Raffaello. Amavo la Galleria degli Uffizi in ogni suo angolo, e se andavo a Firenze non mancavo mai di farci una visita. Stipata com'è di capolavori che puoi guardare infinite volte senza stancarti, era un luogo che mi dava i brividi. Da tutte queste opere non ero stata affascinata subito, dall'inizio, ma a forza di guardarle distrattamente, un giorno all'improvviso, come se il vaso si fosse colmato di colpo, o se fossi stata folgorata, capii tutta la loro grandezza. Penso che sia stato il percorso ideale per incontrare l'arte classica.

Ma devo dire che per me uno degli aspetti più attraenti di quel lavoro consisteva proprio nell'impacchettare: mi aveva sempre dato piacere fare i pacchi con cura. E non mi dispiacevano nemmeno quelle ore di immobilità forzata in aereo nelle quali io, che non so stare un momento ferma, ero costretta a riposarmi.

Il negozio della zia, pur essendo regolarmente registrato come impresa privata, era un'attività all'interno della società di suo marito, quindi se la contabilità era tenuta in ordine, non c'erano da aspettarsi particolari ispezioni da parte del fisco, e poiché lei sceglieva marche che non avevano negozi di rappresentanza legati a contratti esclusivi sul suolo giapponese, non c'erano problemi neanche da questo punto di vista. Le esposizioni a cui la zia partecipava con i suoi articoli alcune volte all'anno, in varie parti del Giappone, davano sempre ottimi profitti e in quelle occasioni io ricevevo un compenso ulteriore per il mio lavoro di commessa. Quando poi ero a corto di soldi potevo sempre dare una mano al negozio per qualche guadagno extra.

Grazie a questa situazione, ero in grado di affittare da sola un appartamento di due stanze più soggiorno e una spaziosa cucina. Soldi da parte non ne avevo, ma non mi capitava mai di avere problemi per far fronte alle spese. Insomma, senza potermi permettere troppi lussi, nell'insieme avevo una vita confortevole.

Chie-chan, che entrò improvvisamente nella mia vita, era una parente da parte di mia madre, la figlia unica della sua sorella minore.
Sentii dire che non si sapeva chi fosse il padre.
Quella zia era sempre stata un tipo molto strano. Pare che in Australia fosse entrata in un gruppo di surfisti che avevano creato una specie di comunità economicamente autosufficiente, di stile hippy, e che vivesse con loro. Quando era tornata in Giappone, aveva con sé Chie-chan.
In Australia lavoravano tutt'e due coltivando la terra secondo i metodi dell'agricoltura biologica. La zia viveva facendo la spola fra Giappone e Australia, ma si ammalò di cancro al fegato e morì in un ospedale giapponese.
Chie-chan era una ragazza laconica ai limiti del mutismo. Al mare preferiva passare il tempo per conto suo piuttosto che praticare il surf come gli altri.
Ultimamente era un po' migliorata, ma continuava a parlare poco. Pare che quando era piccola, la madre, temendo che soffrisse di qualche problema a livello cerebrale, l'avesse fatta visitare dai medici, che però non avevano riscontrato nessuna patologia. Semplicemente, le era estranea l'abitudine di parlare con disinvoltura a persone che non conosceva. Ma viveva in un ambiente particolare dove ciò le era sicuramente permesso.

A me non importava più di tanto che Chie-chan non parlasse, e quando andai con mia madre in Australia, una volta, mentre la mamma e la zia erano uscite a fare spese, io e lei andammo al mare insieme.
Sul molo inondato dal sole, sedute una accanto all'altra, guardavamo i delfini selvatici che si avvicinavano a giocare. Io gridavo: "Guarda, sono venuti i delfini!", "Ehi, tutti gli lanciano i pesciolini", "Però se mangiano il pesce lanciato dalla gente, non possono essere considerati delfini selvatici" o

altre frasi del genere, ma lei non rispondeva a nessuna. Tuttavia, avendo la sensazione di essere in qualche modo accettata da lei, non ci facevo caso.

Credo che se le avessi dato fastidio, nonostante il suo silenzio me ne sarei resa conto, perché certe cose si percepiscono anche senza parlare.

Evidentemente, quindi, non era così.

Chie-chan era accanto a me, e mi bastavano quei suoi cenni di assenso con la testa per provare una sensazione infinitamente dolce e soave. Sentivo che Chie-chan capiva la mia vera natura, quella che mio padre, mia madre e mio fratello non riuscivano a comprendere per quanto tentassi di spiegargliela, a volte persino con eloquenza. Non capivo perché, ma ne ero certa. Ero più a mio agio con lei che con chiunque altro.

Uno splendido tramonto arrivò da occidente, così rapido e inatteso da dare la sensazione che il cielo si stesse muovendo velocissimo. Lo vidi trasformarsi davanti ai miei occhi con una rapidità che mi diede le vertigini. I colori più diversi si specchiavano nelle nuvole, accompagnando, con le loro tinte in costante mutazione, quella prodigiosa metamorfosi.

Poi il cielo si scurì progressivamente, intorno a noi le luci cominciarono ad accendersi e i delfini, mangiato tutto il pesce lanciato loro dai turisti secondo modalità stabilite, si avviarono senza fretta, sempre giocando, verso il largo. Cominciavano qui e là a spuntare le stelle, ma noi non ci eravamo ancora mosse.

Eravamo lì, sedute in silenzio.

A stare così in silenzio, il rumore delle onde rimbombava con un fragore che faceva paura. Eppure io pensai: È bello non essere soli. Il pensiero della foresta scura dove saremmo andate dopo aveva smesso di intimorirmi, e anche l'aria troppo limpida non mi dava più la sensazione di disagio di prima.

Era questo il mio unico ricordo di Chie-chan.

Però certe cose sembrano scritte dal destino. Chissà perché, anche dopo ripensai tante volte a quel momento.
Come a un ricordo molto felice.
Capivo che stando seduta accanto a lei, anche senza parlare, qualcosa di caldo si trasmetteva fra noi. I rumori che sentivamo erano solo quelli della natura, e tutti, vicini o lontani, si fondevano con il fragore delle onde che si ripeteva all'infinito.
Non ho mai dimenticato il colore del mare e del cielo che con il calar della sera cambiavano a poco a poco, le luci che si accendevano illuminando la spiaggia, le voci dei bambini che si allontanavano.
Accanto a me c'era Chie-chan, con i suoi occhi che brillavano. Ma brillava tutto: il mare, i dorsi dei delfini, i pesciolini lanciati dai turisti, la sabbia. Forse a causa dell'aria così trasparente.
In quel momento pensai: Stare con lei mi fa sentire in pace.
Pensai: Dentro di sé Chie-chan ha qualcosa di buono, è una ragazza a posto, e quell'impressione non è mai cambiata.
Il seme piantato in quelle poche ore fu così importante per entrambe che è naturale sia germogliato. La vita ha continuato a scorrere verso la speciale magia che in quel momento avevamo potuto intravedere.

Quando la mamma di Chie-chan morì, naturalmente mia madre e io andammo al funerale.
Lei ormai era una donna adulta, perfettamente in grado di vivere da sola, e mia zia le aveva lasciato abbastanza denaro perché potesse cavarsela senza problemi.
Ma nel testamento chiedeva che qualcuno si prendesse cura di lei perché per Chie-chan sarebbe stato difficile vivere da sola. Aveva scritto pure che per le spese della figlia avrebbe corrisposto a quella persona una cifra mensile di trecentomila yen. Le condizioni per chi avesse preso con sé Chie-chan erano però piuttosto impegnative. L'avvocato della zia avreb-

be dovuto assicurarsi del rispetto di tali condizioni, e provvedere al pagamento della cifra mensile previo controllo periodico. Tutti sapevano che l'avvocato era una persona fidata, che aveva sempre sostenuto la famiglia della zia e di mia madre, e quindi erano sicuri che avrebbe vigilato affinché quelle volontà fossero rispettate.

I nonni erano morti da tempo, mia madre e la zia erano le uniche figlie, quindi se la mamma non l'avesse presa con sé, Chie-chan non avrebbe avuto un posto dove andare. Ma la casa dei miei in Malesia era troppo piccola per poterla ospitare. E probabilmente anche lei non aveva nessuna voglia di andare a stare laggiù.

Mia madre provò a dirle che le avrebbe cercato un appartamento a buon mercato vicino a casa loro, ma lei si mostrò poco interessata alla proposta.

La comune hippy australiana, quella autarchica (inutile dire che producevano per conto proprio anche la cannabis), esisteva ancora e naturalmente fecero sapere che sarebbero stati pronti ad accoglierla in qualsiasi momento, e sembrò che questa soluzione stesse per concretizzarsi.

C'erano anche dei lontani parenti interessati al vitalizio mensile, ma piuttosto che andare con degli sconosciuti, sarebbe stato meglio per Chie-chan stabilirsi nel posto in cui aveva sempre vissuto, dove c'erano i suoi amici, e dove probabilmente si trovava anche suo padre. Era quello che pensavano coloro, inclusa mia madre, che conoscevano bene la zia, e avevano a cuore Chie-chan. Per proteggerla, questa sembrava la soluzione migliore.

Anche se si trattava di una parente, il problema era talmente lontano da me che ascoltavo tutto come se la cosa non mi riguardasse minimamente.

Il funerale della zia non si svolse secondo i riti buddhisti né quelli cristiani, ma fu un semplice raduno di persone: c'era una musica tranquilla e i partecipanti buttavano i fiori nella bara. Le persone arrivavano una alla volta, congiungevano per qualche istante le mani in preghiera e andavano via. Non ci fu neanche un banchetto funebre, avevano preparato solo un tavolo in fondo alla sala su cui erano disposte delle specie di antipasti.

Chie-chan era seduta su una sedia a lato dell'altare con la sua solita espressione imbronciata. Era proprio come la ricordavo.

A guardarla bene, si vedeva che non era più giovane. Certo, aveva meno anni di me, ma sia agli angoli della bocca che intorno agli occhi aveva delle piccole rughe, e la parte inferiore del corpo si era fatta un po' pienotta. Solo le sopracciglia marcate erano le stesse di quando era bambina.

In quel momento capii quanto ero felice di rivederla.

Sentirsi felici di incontrare una persona, qualunque sia la circostanza, è il bello di una affinità istintiva.

Andai dov'era seduta Chie-chan e le dissi:
"Mi dispiace molto".
Lei mi guardò senza rispondere.

La persona che era davanti a me avrebbe potuto essere solo una donna non particolarmente bella, senza lavoro, orfana, silenziosa, sfortunata. E invece gli occhi di Chie-chan brillavano come un tempo, e avevano dentro qualcosa di forte e di vivo. Era quello che più mi piaceva di lei, e lo vedevo con chiarezza.

Questa ragazza può farcela benissimo da sola, pensai. Ero sicura anche che fosse ben consapevole che sua madre non sarebbe vissuta in eterno. Solo nel caso in cui si fossero fatte avanti persone pronte a sfruttare Chie-chan perché interessate ai suoi trecentomila yen, io e mia madre avremmo dovuto intervenire per difendere i suoi diritti. Se lei avesse deciso di venire a vivere in Giappone, abitando per conto suo, anche se mia madre non c'era, avrei potuto occuparmi io di lei, andando a trovarla e controllando che stesse bene, anche perché il tempo per farlo non mi mancava.

Ero sicuramente in grado di darle un aiuto del genere.
Chie-chan non parlava.
Io stavo per allontanarmi, ma qualcosa mi trattenne.
Guardai la foto della zia, i fiori, la bara che sembrava sepolta dai fiori. La zia era una donna affascinante. Pensai che aveva vissuto bene. Per qualche aspetto le assomigliavo un po'. Vagabonda, un po' egocentrica, però stranamente realista, non bellissima ma dall'aspetto attraente, un misto di coraggio e debolezza, con qualcosa che anche quando era in Giappone la rendeva speciale. Di lei mi tornavano in mente ricordi senza importanza di quando eravamo venute in Australia e avevamo camminato insieme sulla spiaggia, di quella volta che eravamo andate a pescare o di quella che avevamo preso la barca per fare un'immersione. La zia mi regalava sempre cristalli e agate. Non si radeva le ascelle, portava abiti ampi, non mangiava quasi per niente carne... Erano frammenti come questi che riaffioravano sfocati dalla memoria.

"Io per il momento verrò da te, Kaori. *Vorrei* venire da te. Non ho bisogno di molto spazio. Va bene?"

Sentirla parlare così, all'improvviso, con quella voce, bassa e roca, mi fece sussultare.

Stupita, la guardai.

I suoi occhi brillavano di lacrime. Ma le lacrime non scorrevano. L'interno dei suoi occhi splendeva come un universo. Si vedeva lì dentro un mondo di incredibile profondità.

Se avessi usato un po' di logica avrei dovuto rifiutare, ma non me la sentivo assolutamente. Anzi, dentro di me acconsentii all'istante: Ma certo, è la soluzione migliore, come mai non ci avevo pensato?

La sensazione che mi aveva attraversato come un lampo – sì, ci sarà qualche fastidio, ma penso che sarà anche bello – non si allontanava da me.

Non avevo più intenzione di avere bambini, e in effetti anche per l'età era ormai sempre più improbabile che ne avessi, e invece guarda cosa mi va a capitare. Be', pazienza, mi dissi, stranamente persuasa.

Erano passati diversi anni, e ancora mia madre diceva che le sembrava incredibile.

Le sembrava un mistero che una persona egoista come me vivesse insieme a Chie-chan, che la ragione non fossero i trecentomila yen, e nemmeno il fatto che fossimo particolarmente legate.

Mi diceva spesso cose del tipo:

"Trecentomila yen non possono ripagarti. Prima o poi tutt'e due invecchierete e vedrai che Chie-chan diventerà un peso".

"Ormai tua cugina è adulta, quindi perché non la convinci a vivere per conto suo, e ti limiti a controllare l'uso che fa dei soldi?"

"Dovevi sentirti davvero molto sola, mi sento in colpa per non essermene accorta."

Capivo il suo punto di vista: a mia madre, che mi conosceva come una persona poco premurosa nei confronti degli altri, il mio cambiamento doveva apparire incomprensibile, e forse io stessa, se avessi potuto guardarmi in modo oggettivo, avrei espresso le medesime obiezioni.

Cosa ne era della visione della vita che avevo sempre affermato, tanto salda che non mi ero nemmeno sposata? Se avessi voluto evitare rischi come avevo fatto sino ad allora, continuare a essere libera, senza legami, la strada che avevo scelto poteva essere fatale.

Occuparsi di una persona ricevendo dei soldi non è una cosa che si possa fare per scherzo, comporta responsabilità. Io che da sola ero sempre stata libera di andare dappertutto, di colpo non potevo andare più da nessuna parte.

Ma se, ostinata com'è, Chie-chan ha scelto così, in un certo senso tutto è già deciso, pensai, e mi arresi.

Con l'espressione più normale sul viso, presi la mano di Chie-chan e risposi:
"Sì, va bene. Vieni da me. Vivremo assieme. Mi sembra la soluzione migliore. C'è una stanza di sei *tatami* accanto all'ingresso, che adesso utilizzo quasi solamente per tenerci i vestiti. Se ti va bene, posso svuotarla subito".
"Potrei tenere delle piante nella veranda?" chiese Chie-chan.
"Non ho una veranda vera e propria, solo un piccolo balcone, ed è rivolto a nord. In più dovresti passare per la mia stanza, quindi non sarebbe l'ideale. Nel soggiorno però c'è un bow-window piuttosto grande. Se pensi che vada bene, potresti usare quello" dissi.
I presenti, sapendo che io e Chie-chan ci conoscevamo a stento, erano sbalorditi. Quelli che vedevano le loro speranze svanire levarono subito voci di dissenso, e mia madre fu la prima a rimanere paralizzata dallo stupore. Come venni a sapere più tardi, tutti avevano pensato che io e Chie-chan ci fossimo messe d'accordo in precedenza, comunicando per telefono o via mail.
Chie-chan si limitò ad assentire. Poi non parlò più. Si voltò dall'altra parte e rimase in silenzio. Io feci dondolare dolcemente la sua mano. Lei strinse forte la mia, quindi disse:
"Cercherò di non darti fastidio. Quando mi sarò rimessa in sesto me ne andrò. Adesso ho bisogno di ragionare con calma sulla morte di mamma, quindi non voglio riprendere la vita che ho fatto finora, dimenticando. Ho ricevuto veramente tanto da lei, e ho bisogno di un po' di raccoglimento per pensarci. Perciò adesso non vorrei né tornare dove stavo né trovarmi in un posto pieno di gente, ma allo stesso tempo non me la sento nemmeno di restare completamente sola. Temo che non ce la farei ad affrontare all'improvviso il Giappone, di cui non so niente, con le mie sole forze. Ho bisogno che tu mi spieghi molte cose".
Penso che l'ultima fiamma di maternità rimasta dentro di

me, ormai prossima a spegnersi, in quel momento sia divampata.
 Oppure desideravo uno stimolo che mettesse sottosopra la mia vita quotidiana?
 O magari entrambe le cose?
 Forse tutto era stato già deciso da tempo, solo che io non me ne ero accorta. Ciò di cui ero sicura era che, sentendolo dire per la prima volta da Chie-chan, avevo provato una sensazione di pace, come se lei avesse dato forma a qualcosa che da un po' di tempo avvertivo, in maniera confusa, anch'io.
 Ma in fondo, il fatto di seguire l'emozione del momento e l'intuito senza opporre resistenza non era per niente diverso dal comportamento che avevo sempre avuto, in ogni circostanza.
 Quindi il cambiamento non era poi tanto grande.
 La mia vita era sempre stata così: facevo una passeggiata, stanca mi mettevo a sedere davanti a un fiume, e proprio allora passava una barca con a bordo delle persone simpatiche che con le mani mi invitavano a raggiungerle... e io pensavo: Va bene, proviamo a salire con loro. In quei momenti il mio atteggiamento era stato sempre lo stesso.
 E non mi ero mai pentita.

 Succede che un giorno, all'improvviso, una persona riceve una forte somma di denaro da qualcuno che le dice: "Vai, sii libero, non hai più nessun legame". È probabile allora che quella persona si intimidisca e non riesca più a muovere un passo. Se non si cambia radicalmente modo di pensare, come hanno fatto i miei genitori, non è possibile entrare in azione.
 Fondamentalmente in quel periodo io non mi sentivo per niente sola né infelice.
 Avevo un lavoro, studiavo una lingua straniera, tenevo in ordine la casa, curavo il mio abbigliamento, facevo una vita regolare, annotavo con precisione le spese... quando potevo

mi concedevo di cenare in qualche posto un po' chic, oppure, dopo aver cucinato e mangiato a casa, mi premiavo con un dolce comprato in una pasticceria di lusso, scegliendo il tè giusto con cui accompagnarlo... insomma, una vita da anziana pensionata, ma che avrei continuato volentieri.

Da giovane avevo vissuto degli amori con persone che vivevano lontano ed ero uscita da queste storie molto provata, perciò questa vita tranquilla e agiata era la felicità della mia età matura. Ero invidiata dalle persone che avevo intorno. Di me si dicevano cose inventate: che potevo vivere così perché avevo genitori ricchi, o perché ero l'amante di qualcuno. Ma non era affatto vero: vivevo la vita che piaceva a me, e per potermela permettere facevo ciò che dovevo, limitandomi però allo stretto necessario

I figli non è che non li desiderassi. Ma dopo i trent'anni avevo avuto una lunga relazione con un italiano, un uomo sposato, e quando era finita c'era voluto molto tempo per riprendermi, e intanto gli anni erano passati anche per il mio corpo. Credo che di persone come me ce ne siano molte. Ci si dedica completamente a un amore senza cercare alcuna ricompensa, e dieci anni della propria vita volano via in un attimo.

Tuttavia, a vivere così, facendo i propri comodi, anche se sembra di essere liberi, qualcosa in noi si solidifica: si viene presi dall'ansia se non si fanno le cose stabilite, e non si è più capaci di rompere i propri schemi. La comparsa di Chie-chan fu una svolta meravigliosa perché mandò tutto questo all'aria.

Avendola con me, dovetti rinunciare alla mia libertà e scoprii la paura di perdere qualcuno. Per la prima volta nella vita conobbi il peso di amare un'altra persona.

Si aprì un abisso profondo e oscuro, e le convivenze e gli amori avuti fino ad allora mi sembrarono pure imitazioni di veri rapporti umani. La mia vita con Chie-chan aveva raggiunto una stabilità tale che ne ebbi paura e provai persino la sensazione di voler essere io a mandare tutto in frantumi.

Se Chie-chan dovesse morire, come farei? O se un giorno, tutt'a un tratto, dicesse: "Sai? Ho deciso di andare in Australia"? Ogni tanto, soprattutto quando ero stanca, all'improvviso venivo assalita da simili pensieri.

Era una paura così forte che a volte mi svegliava in piena notte. Poi, nel ricordarmi che Chie-chan era di là che dormiva, nella sua stanza dal pavimento di *tatami*, il sollievo era tale che mi venivano le lacrime agli occhi. Ah, Chie-chan è qui! Meno male. Ma un giorno prima o poi se ne andrà, e allora come farò? E quando lo pensavo, la paura non mi lasciava più.

Pensai che forse, se ero rimasta sola per così tanto tempo era perché odiavo il fatto di poter diventare così, perché avevo paura di aver bisogno di qualcuno al punto da non poter vivere se quella persona fosse venuta a mancare. Decidere è una cosa che fanno gli adulti, e forse io non lo ero mai diventata davvero, e per questo non volevo mai prendere nessuna decisione.

Cominciai a pensare che avevo paura di contare su qualcuno, paura di appoggiarmi tanto sul fatto che qualcuno vivesse insieme a me.

Pensai che forse c'era stata in me una regressione, ma chissà, poteva anche darsi che fosse un'evoluzione.

Non ero mai stata una persona particolarmente affettuosa, e per questa ragione nessuno si era mai attaccato a me. Nemmeno i miei genitori e mio fratello, che pure mi amavano. Perciò avevo deciso che me la sarei cavata da sola.

Mio fratello era un coccolone e da piccolo, quando vedeva che i miei genitori avevano sonno, gridava: "Non dormite!". Allora mia madre, stanca di tentare di addormentarlo, cominciò a farlo dormire accanto a lei. Così lui dormì nel letto dei miei genitori, in mezzo a loro due, fino a otto anni.

Mi ricordo bene la sensazione di quando, nel buio, risuonava la voce di mio fratello che gridava: "Mamma, non dormire!". Lo consideravo uno stupido. Io, al caldo nel mio *futon*, in una stanza un po' distante, abitavo in un mondo tutto mio. Il soffitto, fiocamente illuminato, era un luogo fantastico. In una notte così bella, che cos'ha da avere tanta paura? pensavo.

Oggi, quando mi sveglio di notte, a volte ho la sensazione di capire quello che mio fratello provava allora.

Lui stava sempre talmente appiccicato ai nostri genitori che a un certo punto decisi di cederli a lui. Senza dirlo, misi da parte quel lato di me che soffriva, nascondendo la mia pena dietro il pensiero che il mio problema era avere un fratello così stupido. Forse quella sensazione, che col tempo avevo dimenticato, di dipendere da qualcuno, di avere paura che quella persona sparisse, stava venendo fuori tutta in una volta nei confronti di Chie-chan.

Lei ha la sua vita, quindi forse prima o poi se ne andrà, ma che almeno questo momento possa durare... mi trovavo a pregare così in piena notte guardando il soffitto, come una bambina, a quarant'anni suonati. E poi proprio io che spesso trovavo Chie-chan irritante.

Il soffitto appariva sempre fiocamente illuminato, uguale a quando ero piccola. Anche il mio sguardo e lo spirito dentro di me erano rimasti gli stessi, senza il minimo cambiamento. Perché solo il tempo è passato così in fretta? mi chiedevo.

Quando ero piccola tutti, inclusi gli insegnanti a scuola, dicevano che davanti a noi si apriva un futuro infinito, ma io non ci credevo per niente. Già dalla corporatura delle persone vedevo che esistevano dei limiti prestabiliti, e anche in noi bambini si erano già manifestate delle predisposizioni. Pensavo: Katchan, che quando fa il portiere nelle partite di calcio si lascia segnare un goal dietro l'altro come se fosse una partita di pallacanestro, non diventerà mai un calciatore; Miki-chan che è cicciona dalla testa ai piedi non sarà mai una modella, io che sono stonata non farò mai la cantante, e Yukio-kun che, per quanto femminile, è un ragazzo, non diventerà mai una sposina. Mi resi conto molto presto che, per quanto ognuno si potesse sforzare, non si poteva supplire a tutte quelle mancanze.

Come mai fossi una bambina così priva di sogni, non so. È possibile che c'entri anche in questo mio fratello. Che io sia diventata così realista per compensare il fatto che lui era tanto coccolone?

Se Miki-chan, mettendocela tutta, fosse dimagrita, avrebbe comunque conservato, per tutta la vita, la tendenza a ingrassare, perciò sarebbe stata più felice, secondo me, se non avesse fatto la modella, e anch'io, ammesso che impegnandomi al massimo fossi diventata una cantante di discreto talento (cosa che non desideravo particolarmente), il problema di non avere la forza di volontà e l'orecchio assoluto sarebbe stato sempre per me causa di sofferenza.

Avendo una passione tale da superare questi ostacoli, ci si può riuscire, ma senza una spinta del genere non credo sia possibile, pensavo.

Perciò, da un certo momento in avanti, cominciai a riflettere seriamente su ciò che avrei voluto fare e su ciò che non sarei mai riuscita a fare. Non ero così poco realista da vivere oziosamente, affidandomi al flusso della corrente. Mi dedicai al gioco di cambiare modo di pensare in base all'intuizione del momento. Per me vivere era questo. C'erano sempre stati momenti in cui aveva avuto inizio qualcosa di importante.

Frugando tra i ricordi posso trovarne alcuni per me fondamentali, come quello di quando sulla spiaggia scoprii Chie-chan.

Un altro è quello del mio primo viaggio in Italia, quando ero stata a Napoli con la mia famiglia. È vero, non fu piacevole essere presi di mira da un ladro e poi soffrire il mal di mare sull'aliscafo per Capri, ma il viaggio a Napoli resta il ricordo più importante della mia infanzia.

Non immaginavo che potesse esistere un mondo così bello. La magnificenza della vista notturna dal porto di Santa Lucia, con il Castel dell'Ovo che sembrava dovesse sgretolarsi e sprofondare nel buio. La città di Napoli che si allontanava, quando l'aliscafo ebbe lasciato il porto di Mergellina e io mi voltai a guardare. Il colore azzurro e limpido del cielo, tipico del Sud, il bianco dei gabbiani che volavano in lontananza. Il mare di Capri visto dalla montagna dove eravamo saliti con la funivia, di un azzurro fosforescente, le onde che orlavano di bianco le rocce con le loro minuziose geometrie.

Giurai dentro di me che un giorno avrei fatto un lavoro che avesse un rapporto con l'Italia.

Ed è un sogno che ho realizzato davvero, concretamente.

Non volevo però lavorare nel settore alberghiero come mio padre e mio fratello. Continuai a cercare qualcosa che mi sembrasse adatto alle mie capacità. E questo si materializzò, in modo praticamente perfetto, quando mia zia aprì il suo negozio.

In casa, quando Chie-chan era assente, non c'era quella pura tensione nell'aria. Era come se l'atmosfera si allentasse.

Quando io rientravo e lei era lì, non è che venisse ad accogliermi alla porta. Che stesse guardando la televisione o ascoltando la musica con le cuffie, non si interrompeva e si limitava a guardarmi e a salutarmi. Ciononostante, avvertivo dentro casa un leggero calore, che non era dovuto solo alla presenza fisica di una persona, ma a quella specie di particolare luce che Chie-chan possiede, e che illumina tutta la casa, pulita in ogni suo angolo.

Chie-chan detestava la sporcizia, perciò quasi ogni giorno faceva le pulizie in modo maniacale. Al punto da farmi pensare che avrei dovuto essere io a pagare a lei i trecentomila yen. Quando c'era Chie-chan, il bagno e l'ingresso erano sempre scintillanti, e le scarpe perfettamente allineate.

D'altro canto, siccome non le importava niente del mangiare, anche se in frigorifero c'era qualcosa di andato a male non ci faceva caso. Come mai, sebbene mangiasse poco, avesse la tendenza a ingrassare, non so. Sarà stato forse perché non amava le verdure né il riso, mentre era golosa di pane e pasta, e non le piaceva masticare bene. Forse aveva acquistato questa corporatura perché quando era piccola in Australia si alimentava in modo disordinato, nonostante la dieta vegetariana. Non faceva nessuna attività fisica, anzi usciva poco di casa, così aveva le gambe abbastanza sottili rispetto al corpo e il viso di un pallore non molto sano.

Ciononostante ha sempre avuto una salute di ferro.

Siccome la sola cosa che sapeva preparare era la zuppa di *miso*, la faceva sempre, anche per me, come se quello fosse il suo unico dovere.

All'inizio, quando tornavo a casa e sentivo subito l'odore della zuppa, trovavo la cosa terribilmente irritante; ho tentato ripetutamente di convincerla che non era il caso, ma lei non ha mai ceduto, dicendo che tanto la preparava per sé, e ha continuato a farla.

Io col tempo mi sono abituata e ho cominciato addirittura a farle richieste sugli ingredienti, e a sentirmi rassicurata quando ne sentivo l'odore.

Quando vedevo Chie-chan in cucina, la schiena curva, preparare la zuppa di *miso*, tagliando il *tōfu* con cura infinita a dadini di un centimetro, e le alghe in quadrati precisissimi, mi irritava così tanto che l'avrei strozzata, e allo stesso tempo ne ero commossa sino alle lacrime.

Il fatto che sentimenti così contraddittori si agitassero dentro di me era una prova della mia dipendenza nei suoi confronti: era da quando, bambina, vivevo con la mia famiglia, che non provavo sensazioni simili. In ogni caso non erano stati d'animo che dovessi per forza esteriorizzare. Sorgevano all'improvviso e si ritiravano come onde, sentimenti variopinti, che guardavo come si guardano dalla finestra i cambiamenti di un paesaggio. Sono certa che nascessero dal fatto che c'era una persona in casa.

Riscaldai la zuppa di *miso*, mi sedetti e la bevvi.

Aveva il sapore di ogni giorno, un sapore insostituibile.

Siccome non sopportavo il silenzio, misi un po' di musica.
Essere da sola a casa per una volta era una sensazione insolita, e quindi piacevole, ma potevo gustarmela solo perché sapevo che Chie-chan stava bene e sarebbe tornata sana e salva.

Le piante nel bow-window sembravano tenersi strette in silenzio, sfiorate dall'aria tiepida di fuori. Erano legate in diversi punti con la corda, sostenute, curate. In quelle più deboli c'erano dei flaconcini di concime conficcati nella terra. Era un piccolo mondo, il mondo pulito di Chie-chan che a volte mi sembrava quasi, con la mia presenza, di turbare. Forse è lei che ospita me, non il contrario, pensavo.

In quel castello che è il mio appartamento, anche la stanza più piccola, dove normalmente viveva Chie-chan, senza la sua proprietaria, era immersa nel silenzio.

La zuppa di *miso* certo non era squisita quanto i piatti che avrei dovuto mangiare quella sera. Anche la scodella era una di quelle anonime e vecchie che avevo comprato quando avevo cominciato a vivere da sola. Eppure, potere assaporare la zuppa qui, adesso, mi sembrava un lusso.

I cibi di quel ristorante sono qualcosa che chiunque sarebbe in grado di apprezzare. Ma questo momento e questo sapore sono solo per me, pensai.

Quando, la mattina dopo, andai in ospedale a portare a Chie-chan la tessera sanitaria e qualcosa per cambiarsi, il colorito era decisamente migliore, la ferita che il giorno prima sanguinava era pulita, e lei sedeva sul letto con l'aria di chi è perfettamente in salute. Dissero che l'esame non aveva rivelato nulla di anomalo, e che anche la ferita era di poca importanza. Saldai il conto e uscii dall'ospedale insieme a Chie-chan.

"La luce di fuori è abbagliante! Come prevedevo, non sono riuscita a dormire su quel letto duro. Ho solo sonnecchiato un po'. E poi in ospedale la mattina ti svegliano presto, e c'è un movimento continuo" disse Chie-chan.

Davanti all'ospedale c'è un grande santuario scintoista, circondato da alberi dai rami carichi di infinite foglie che, colpite dalla luce del sole, brillavano a una a una. Nel guardarlo ebbi la sensazione che l'odore dell'ospedale mi si fosse appiccicato addosso. Chie-chan e io andammo a mangiare dei *soba* freddi in un ristorante lì di fronte.

Chie-chan mangiava in silenzio. Bevuto il brodo fino all'ultima goccia, tirò un sospiro profondo. Aveva l'aria di una bambina che fosse stata a lungo ricoverata e non ne potesse più dalla noia.

"La cosa che odio, della vita in ospedale, è che ti ci abitui subito. Dopo un poco, tutte le cose che si fanno lì dentro ti sembrano normali" disse. "Poi, quando esci, ti rendi conto che non sono normali per niente: il fatto di stare insieme a tanta altra gente, di metterti il termometro appena ti svegli, di dover aspettare il proprio turno per essere visitati, il fatto che tutti, sani e moribondi, abbiano lo stesso pigiama e le stesse facce pallide, che si dorma nella stessa stanza con persone sconosciute, che non si possa aprire la finestra... Io non capisco che senso abbia andare in un posto del genere quando stai per morire. Però se uno sta per morire, forse è talmente stordito che lo sopporta meglio di chi è sano. Trovarmi lì non avendo nessuna malattia è stato orribile. Non che fossero cattive persone, ma essere trattata come un paziente fra tanti ti fa sentire davvero un essere insignificante, che deve solo sforzarsi di non dare fastidio."

Chie-chan disse tutto questo in un fiato solo.

"In ogni caso stai attenta agli incidenti, mi raccomando" le dissi.

"Mi dispiace di averti fatto preoccupare" riprese Chie-chan. "Ieri era la prima volta che uscivo di casa da non so quanto tempo e... è stato come se ci fossero troppe informazioni tutte insieme e mi sono sentita debole e frastornata."

"Fai attenzione quando attraversi la strada" ribadii. "A me piace vivere con te, e poi un conto è separarsi in vita, un altro essere divisi dalla morte. Se dobbiamo separarci, preferirei che fosse da vive."

"È una cosa che nessuno può garantire" disse Chie-chan. "Però anche a me piace questa vita. Mi piacerebbe pensare che le possibilità di continuare così sono molte."

Annuii. Poi ripetei:

"Però, davvero, stai attenta".

"Mi dispiace molto di averti fatto preoccupare. Però la durata della vita è qualcosa che nessuno ha il potere di cambiare" disse Chie-chan. Poi aggiunse:

"Ieri non era arrivata la mia ora".

Ebbi un sussulto.

Sentii che quanto diceva Chie-chan era la verità.

È così, pensai, che io mi preoccupi o no, che stia attenta o no, non si può salvare la vita a una persona. Si ha sempre l'illusione di avere questo potere, ma anche se tutti lo vorremmo è impossibile.

Anche se facessi la guardia a Chie-chan ventiquattro ore di fila, non potrei evitarle un incidente. Si può aiutare qualcuno nelle cose quotidiane, si può pregare, si può vigilare. Ma non si può cambiare il corso della sua vita. In verità non si può fare niente neanche per la propria.

Una persona non può fare altro che amare qualcuno quando è presente davvero, davanti ai propri occhi.

Dopo l'incidente, mi sembrava che Chie-chan si fosse come rimpicciolita, e sentendomi responsabile per lei, ero un po' preoccupata.

"Hai ragione, hai perfettamente ragione" dissi.

Grazie alla presenza di una persona eccentrica come Chie-chan, non mi succedeva mai di annoiarmi. La mia eccentricità poteva incontrarsi con la sua. E accettarla. Questa era la cosa più importante.

Nel ristorante in penombra impregnato dell'odore dei *soba*, restammo sedute per un po' in silenzio. Il locale era molto animato, le persone entravano e uscivano incessantemente. La vivacità dell'ambiente penetrava nel corpo intorpidito dal sonno. Quell'atmosfera non mi dispiaceva.

Però Chie-chan sembrava a disagio, come se avesse voglia di rientrare. Stare a casa era ciò che preferiva: la casa era il suo universo. E io ero la persona che le offriva quel piccolo spazio, ma non credo che provasse per me un amore sconfinato.

Comunque, anche se non le ispiravo un grandissimo amore, aveva una profonda fiducia in me, ed era questo a darmi calore.

Arrivate a casa, Chie-chan si tolse subito tutti i vestiti e indossò il pigiama.

"Uah, l'odore dell'ospedale!" disse, annusandoli con espressione disgustata, poi li appese perché prendessero aria.

Mentre facevo la lavatrice, preparai un tè ai *soba*, comprato poco prima al ristorante.

Versando il tè bollente, il profumo dei *soba* salì in un soffio.

Provai una specie di vertigine, come quando uno ha dormito poco per i troppi impegni o è indebolito per il cambio di fuso orario, e si trova esposto di colpo ai raggi di sole del pomeriggio.

Controllai le medicine che avevano prescritto a Chie-chan, e le misi nella scatola sul bancone della cucina.

Nella sua stanza, lei dormiva già con un respiro regolare.

Aveva chiuso le tende, e la stanza era immersa nella penombra. La luce, filtrando attraverso il tessuto rosa delle tende, tingeva l'ambiente di un colore caldo e intenso. La luce, tipicamente estiva, che a me piace tanto. Presto si sarebbe levato il coro assordante delle cicale dal parco vicino.

Dopo aver sistemato in breve tempo le faccende – steso la biancheria lavata, messo a posto la tessera sanitaria, lavato i piatti – posai una tazza di tè ai *soba* sul comodino di Chie-chan, bevvi il mio e mi cambiai indossando qualcosa di più comodo.

Avevo faticato un po' a convincere Chie-chan ad andare in farmacia. "Le medicine le comprerò dopo, quando ne avrò voglia" aveva tentato di opporsi. Consegnata la ricetta, aspettai con lei, tutta imbronciata, che le medicine fossero pronte, e poi ascoltammo insieme le spiegazioni sull'uso. Impiegai la stessa energia che sarebbe stata necessaria per accompagnare una liceale immusonita.

Anch'io andai nella mia stanza e mi infilai nel mio letto. Il *futon*, a quell'ora insolita, era leggermente umido, poco accogliente. Ma fui ugualmente colta subito dal sonno. Neanch'io la notte prima avevo dormito per la tensione.

Chie-chan è viva, non ha battuto la testa, e anche il resto del corpo è a posto. È un tranquillo giorno d'estate, ho avvisato che non sarei andata al lavoro... così pensando, mi inebriai della felicità di potermi lasciar trascinare, tranquilla, nel mondo del sonno.

Quando mi svegliai, fuori era buio, e al coro assordante delle cicale del giorno si era sostituito il ronzio, fioco e lontano, di quelle del crepuscolo.

Dovevo aver dormito molto profondamente. Il tempo era volato.

Eh? Che cosa ci faccio a letto a quest'ora? pensai. Ah già, sono andata in ospedale, Chie-chan è tornata a casa.

A questo pensiero, si rinnovò il mio sollievo.

Mi sentivo alleggerita da ogni preoccupazione.

Come dopo una rinascita, la vita intorno a me splendeva rinnovata.

Il gusto di un mandarino freschissimo dalla polpa succosa.

Trovai Chie-chan che si occupava delle piante nel bow-window. Si sentiva il lieve fruscio delle foglie. Era il rumore di sempre. Quel suono ritmato, tipico di quando un essere umano si dedica a qualcosa con cura.

Chie-chan cantava la canzone che io chiamo *La canzone di Chie-chan*.

Era una canzone dalla melodia malinconica, che emanava una tristezza incredibile, e che chissà per quale ragione Chie-chan cantava sempre. Impossibile capire tutte le parole. Ma c'era qualche punto qua e là che si capiva.
"Levata l'ancora, la nave sta per salpare."
"Scorrono davanti a noi le stagioni
ma anche se passeranno
non dimenticare questa piccola canzone d'amore."
"Vorrei riempire di cose meravigliose
i palloncini e farli volare
verso un paese lontano."
Le parole che riuscivo a capire dicevano più o meno così.

Quando Chie-chan cantava questa canzone con la sua bella voce, profonda e un po' roca, si mescolavano in me sensazioni di incredibile nostalgia, di tristezza e di felicità, e la loro somma era così struggente da non poterla sopportare. Mi faceva ricordare la domenica sera della mia infanzia. Il mio stato d'animo quando calava il sole, e le strade si riempivano di una tranquilla malinconia. Non capivo perché ma venivo presa da una nostalgia così lancinante che, anche se mi trovavo a casa mia, sentivo che esisteva un posto, da qualche parte, dove dovevo tornare.

Chie-chan canticchiava sempre questa canzone.

Se le chiedevo di chi era, diceva di non saperlo.

Diceva che, siccome la cantava sempre sua madre, aveva finito con l'impararla senza nemmeno accorgersene.

Mentre ascoltavo quella canzone, mi alzai pian piano e tornai al mondo della realtà. La voce di Chie-chan scorreva facendosi strada nel confine fra sogno e veglia.

Le ipomee nel bow-window, sbocciate al mattino, si erano già richiuse e io, pensando che Chie-chan quel giorno non aveva potuto vederle, le dissi:

"Chie-chan, stamattina le ipomee erano tutte in fiore".

Per niente stupita che le avessi rivolto la parola così all'improvviso, Chie-chan si voltò e disse:

"Penso che ne fioriranno tante anche domani. C'è un numero incredibile di boccioli. Adesso è la stagione migliore per le ipomee, non riesco a staccarne gli occhi. Ora cominceranno a fiorire senza interruzione, e di tipi diversi. Non mi ero resa conto di quanto fosse divertente coltivarle".

Vidi che i viticci erano cresciuti sino a coprire gran parte della finestra, formando delle graziose silhouette. Nelle loro forme, protese verso l'alto, si rifletteva lo slancio di vita delle ipomee.

Anche se era estate, il cuore era caldo come davanti a un caminetto acceso. Provavo la calma di quando si guarda un fuoco scoppiettante, che illumina e scalda il viso, e il cuore è in pace. La forza fluiva in tutto il corpo, diffondendo una sensazione dolce.

Era una sensazione che provavo spesso in Italia a causa della differenza di fuso orario. L'azzurro del cielo italiano e la bellezza delle strade antiche invitavano facilmente quello stato. È una condizione che arriva proprio così, tutt'a un tratto, quando pensi che, stanca come sei, una sensazione di felicità e appagamento sarebbe l'ultima cosa che ti aspetti.

Che bello, com'è bello vivere con Chie-chan, pensai ancora una volta, come innamorata.

La qualità della forza di cui traboccava Chie-chan era la stessa che percepisco quando fioriscono le ipomee, quando il profumo del gelsomino si mescola al vento, quando la brezza marina accarezza i capelli. Qualcosa di invisibile, ma che io sapevo riconoscere.

E che riusciva a darmi stabilità. Non sarà questo, il vero senso di ciò che chiamiamo "rapporto umano"? C'è una magia che può nascere solo fra me e Chie-chan, e che nessuno può sostituire.

Chie-chan è decisamente molto più loquace con me che con chiunque altro. Questo mi rende felice.

Il tempo che trascorro con lei è bello, talmente tranquillo da sfiorare la malinconia. Forse la felicità è semplicemente questo.

Da qualche parte dentro di me so che è destinata a passare, ma adesso questo momento si espande al massimo, cancella il passato e il futuro, e avvolge tutto.

"Chie-chan, che cosa vorresti mangiare?" le chiesi, soffocando uno sbadiglio e tacendole tutti quei miei pensieri. "Oggi ho avvisato che non vado al negozio, pare che non ci siano problemi. Cucino qualcosa."

"*Soba*" rispose lei.

"Ma se li abbiamo mangiati poco fa!" protestai.

Già, Chie-chan ha questa tendenza, a voler mangiare più volte la stessa cosa.

Non ama cambiare. Fa così anche con la musica, con i vestiti. Persino con le scarpe.

A parte quella canzone triste, non mi pare ci siano altri pezzi nel suo repertorio; se Benetton chiudesse, credo che lei andrebbe in giro nuda, e se Alta e Legal fallissero, probabilmente Chie-chan porterebbe solo ciabattine da spiaggia per il resto della vita.

"Se ti vanno bene preparati in un altro modo, li faccio" dissi.

Anch'io sono entrata ormai in questo ordine di idee.

All'inizio, a forza di mangiare per dieci giorni hamburger come voleva lei, piangevo con la faccia sepolta nel cuscino, pensando: Come posso andare avanti così?

"Va bene. Io però li preferirei come quelli di oggi" disse Chie-chan.

"È un modo di dirmi che devo preparare due salse diverse?" dissi.

Anche questo tipo di proteste, che i primi tempi tenevo per me, col tempo ho imparato a esternarlo.

"Mah, se puoi."

"Senti, il ristorante dove abbiamo mangiato oggi è uno dei più famosi per come fanno bene i *soba*. Quelli di stasera non saranno assolutamente così buoni" dissi.

"Non importa" disse Chie-chan.

Rassegnata, decisi di preparare per me i *soba* saltati con aglio e peperoncino, e per Chie-chan i soliti *soba* freddi.

Però, sapendo che di solito vuole assaggiare quello che mangio io, e poi le piace e finisce col mangiarne un sacco, per sicurezza decisi di preparare *soba* al peperoncino in abbondanza, e quindi ne buttai nell'acqua una porzione in più. Tanto, se avessi sbagliato previsione e Chie-chan avesse detto: "Che roba è questa? Meglio i soliti *soba*", non me la sarei presa. Quando si è stanchi a volte questa franchezza mortifica un po', ma siccome so che Chie-chan non cambierà mai, mi sforzo di non prendermela.

Anche a questo ho fatto l'abitudine.

Più che abitudine, forse è una specie d'amore. La pazienza è una forma d'amore.

Amore paziente, discontinuo, noncurante.

La casa è silenziosa. Il rumore di Chie-chan che stacca le foglie secche dolcemente e quello dell'acqua che bolle scorrono bassi, armonizzandosi.

Penso ad altre metafore, diverse da quella del caminetto: la sensazione di stare sotto il cielo stellato in un luogo dove l'aria è pulita, la sensazione di quando ti arriva il profumo delle foglie di cedro, o di quando cade la neve e fuori tutto è avvolto nel silenzio.

Queste ore lievitano dentro di me trasformandosi in energia rossa palpitante.

Forse sembrerà che Chie-chan e io vivessimo appoggiandoci l'una all'altra, togliendoci l'aria a vicenda, ma in realtà ci trovavamo in un luogo sconfinato.

Se entri in una casetta di neve, scoprirai che è grande come il Tōkyō Dome. La nostra vita era piena di misteri come questo. Non c'era una relazione fisica piena di piacere, né eleganza né grandi discorsi né alta cucina, solo l'incontro della natura di due persone: era questo a rendere vasto il nostro universo.

Il giorno dopo, quando andai al negozio, la zia aveva invitato una sua amica e ora le stava vendendo qualcosa.

Detto così, sembra una cosa disdicevole, ma in effetti faceva piacere a entrambe, quindi perché no? Mi misi a osservare il rapporto fra la zia e quella signora, e anche gli articoli che stava scegliendo. La cosa interessante sarebbe stata vedere se avrebbe comprato, per pura gentilezza verso la zia, un pot-pourri o altri oggettini di poca importanza, o se si sarebbe messa a fare acquisti più seri, borse, stole eccetera.

Siccome le amiche della zia in genere sono tutte ricche, possiedono la maggior parte delle griffe. Vanno alle presentazioni organizzate dai loro negozi preferiti per fare ordini, prenotano due o tre capi e così ogni anno possono indossare qualcosa di nuovo, oppure hanno degli agenti di servizi di vendita personalizzata che li seguono. Io non ho interesse in questo tipo di vita, ma se fossi come loro immagino che mi piacerebbe comprare "cose non di marche famose ma che fanno colpo, di un certo prezzo, di buona qualità, che suscitano le lodi degli altri e danno piacere a chi le indossa".

Al lavoro, per rassicurare i clienti sul mio gusto estetico, in genere mi vestivo sul genere "commessa di boutique di lusso". Quando mi presentavo dicendo che ero io a occuparmi degli acquisti in Italia, mi capitava di ricevere avance da alcuni clienti ricchi.

Mi è successo di sentirmi dire:

"Bene, che ne diresti di un viaggetto in Italia in prima classe? La prossima settimana sarei libero".

Cosa sarebbe questo "viaggetto"? pensavo. Per fare un viaggio con lui dovrebbero esserci poltrone talmente enormi da non vederlo mentre sono seduta. Sembrerò arrogante, ma io trovo normale pensarla così.

Naturalmente rifiutavo queste offerte con garbo.

Non è che ce l'avessi con queste persone. Sono persone privilegiate, abituate a vedere cose di qualità, quindi di solito hanno le idee ben chiare. Il loro aspetto è sempre piacevole e curato. A volte avevo il sospetto di fare ormai parte del loro mondo. Collaborando così a lungo con la zia, forse avevo finito anch'io in qualche modo col subire l'influenza di quell'ambiente. Mi sentivo un po' in colpa per il fatto che mantenevo il mio equilibrio grazie a Chie-chan.

Il nostro era un commercio di nicchia che si era costruito un suo piccolo spazio e un suo piccolo fatturato.

E in fondo le persone che vi giravano intorno erano esseri umani come tutti. Naturalmente c'erano dei tipi odiosi, ma grazie al lavoro ho fatto anche dei begli incontri.

I venditori che incontravo in Italia, gli artigiani, e poi le clienti che hanno assoluta fiducia nel mio gusto... Persone non più giovani, di quell'età in cui i genitori muoiono, e loro stesse o i loro mariti si ammalano, oppure sole perché i figli se ne sono andati. Incontrando me o gli articoli scelti da me, riuscivano a volte a trovare un po' di piacere e conforto. Quando mi accorgevo che questo accadeva, mi sentivo incoraggiata a continuare.

L'amica che la zia aveva fatto venire al negozio comprò tanti piccoli pesci di Murano, che nell'ultimo viaggio avevo scelto e acquistato per la prima volta. Disse che ne avrebbe fatto regalini per le amiche.

Ah, l'isola di Murano! pensai guardando quei pesciolini di vetro appena venduti. Ricordavo l'eccitazione che mi aveva dato scoprirli in un qualsiasi negozio per turisti, intuire che avrebbero funzionato e ordinarne una grande quantità. Non so quanto tempo impiegai a sceglierli. Sapevo che se non li avessi guardati a uno a uno me ne sarei ritrovati alcuni con la faccia storta. Che nostalgia, il viaggio su quel piccolo vaporetto... Anche le mie lacrime quando mi ero persa, la preoccupazione nell'impacchettare quegli oggettini di vetro. Senza che me ne accorgessi erano diventate cose del passato. Il vento e il profumo di quel momento erano svaniti, restava solo la nostalgia. Non avrei conservato nemmeno gli oggetti che avevo acquistato: non servivano ad abbellire casa mia, ma sarebbero finiti nelle case di tante altre persone. Anche in questo c'era qualcosa di magico.

Quando la cliente se ne andò, la zia mi raggiunse nel magazzino.

"Fra le scatole arrivate ce n'era una con su scritto dieci, ma dentro c'erano solo nove pezzi" disse.

"Eh? Com'è possibile? Ho fatto i pacchi con tanta attenzione! Non può essere uno di quelli che ho imballato io."

"Infatti credo che sia uno di quelli inviati direttamente dalle ditte."

"Gli mando subito una mail" risposi.

È una cosa che succede spesso. Non credo che lo facciano apposta. Gli italiani in genere non sono molto precisi.

Quando telefono, con la voce che mi trema per la rabbia, spesso la risposta è:

"Ah, per il momento abbiamo messo solo quelli che avevamo".

E lo dicono con tanta sicurezza da farmi rimanere senza parole. Se volessi aspirare alla perfezione, credo che impazzirei, quindi mi rassegno e li tratto con magnanimità.

"Dì, hai un po' di tempo adesso? Io non ho ancora pranzato" mi disse la zia.

"Sì, va bene" risposi.

"Poi oggi pomeriggio potresti restare un paio d'ore al negozio? Dovrei dare la pausa anche alla commessa."

"Nessun problema."

"Chie-chan sta bene? Ho sentito che ha avuto un incidente" mi chiese.

Doveva averlo saputo dalle persone che mi avevano invitato a cena quella sera. Oppure, siccome il giorno prima non ero venuta al negozio, forse dalla direttrice.

"Sì, sta bene. Le hanno fatto anche l'elettroencefalogramma ed è tutto a posto. Ha giurato che non andrà mai più in ospedale."

"Ah sì. Be', meno male. Comunque ho capito che tutto era risolto appena ti ho visto. Sono sicura che se Chie-chan non fosse stata bene oggi non saresti venuta. Te l'ho chiesto solo per farti sapere che ci tengo" disse la zia.

Nel sorridere le si disegnò una piccola ruga sul naso, e i suoi capelli lisci ballonzolarono leggermente. Deliziosa. Quando guardo la zia, sono avvolta da una sensazione simile a quella di un bel sogno, un po' sexy, elegante e capriccioso. Penso che sia stato questo a conquistare anche lo zio.

Andammo in una trattoria vicino al negozio.

Era pomeriggio, quindi i clienti del pranzo se n'erano ormai andati, e si sentiva solo il rumore dei camerieri che mettevano in ordine.

Era un locale piccolo, con un lucernario che lo rendeva molto luminoso. Nonostante la confusione, i biglietti da visita del negozio della zia erano messi in bella mostra. Un ristorante senza pretese ma buono, infatti ci venivo abbastanza spesso. Però, naturalmente, non si mangiava come in Italia. La differenza del clima influenza il gusto dei cibi.

Di solito si ha l'idea che nella cucina italiana le quantità siano enormi, ma dipende molto da come si ordina. Poi ho notato che in circostanze speciali come matrimoni eccetera, è raro che le persone mangino tutto, dall'antipasto al dessert. Io e mia zia ordinammo solo un piccolo antipasto e un secondo di carne. "La pasta ingrassa, eh? A proposito, ieri ho mangiato due volte *soba*..." Dopo questo scambio di battute, avevamo già deciso. Da bere non prendemmo vino ma solo acqua minerale frizzante. Frequentandoci da tanti anni, risolviamo tutto in modo rapido ed efficiente, una cosa questa che mi piace molto.

La zia, che è sorella di mio padre, ha un modo di fare privo di fronzoli, totalmente diverso dallo stile della famiglia di mia madre, e un'eleganza naturale, due aspetti di lei che me la fanno apprezzare.

"Kaori, non pensi mai di andare a vivere in Italia?" mi chiese.

"Veramente no, perché?" dissi.

"Ma lì non hai qualcuno?"
"No, non ho nessuno. Perché? C'è qualche problema?" chiesi.

Forse sta per dirmi che non può più pagarmi i viaggi in Italia? pensai. Sarà questo?

Nel giro di un secondo, passai in rassegna tutte le possibili ipotesi: voleva ridurre il mio budget, dovevo cercare di concentrare tutti gli acquisti in un'unica spedizione all'anno, voleva che contattassi qualche amico in Italia per farsi pagare le commissioni, c'era qualche sua conoscente che cercava un lavoro simile...

Non so se sono ansiosa o solo realista.

"No, no. È solo che mi chiedevo... non desideri avere dei bambini?" disse la zia.

"Nel bene o nel male, sono troppo occupata con Chie-chan" risposi.

È strano che alla mia età mi facciano ancora questa domanda, pensai con stupore. Però, siccome lo fanno senza cattive intenzioni, pazienza.

"Sì, lo capisco. Però sai, è bello avere dei figli" osservò la zia.

"Be', la tua è intelligente e carina."

Pensando a mia cugina, dimenticai di colpo il lavoro ed entrai nel clima familiare.

"Adesso è in Nepal a fare l'infermiera per una ONG americana" disse con orgoglio. "Ma ora lasciamo perdere mia figlia. Quello che voglio sapere è se tu, Kaori, veramente stai bene così. Me lo chiedo spesso."

"Penso proprio di sì" risposi.

In realtà forse non dovrei pensarlo. Ma visto che è andata in questo modo, dire che sto bene così credo sia giusto. Del resto, non so mai con certezza quali siano le cose che si dovrebbero fare.

"Quando si hanno dei figli, ti cresce dentro l'amore vero" disse la zia. "Dopotutto, Chie-chan è solo una tua parente no?

E siete tutt'e due adulte. Davvero non vuoi pensarci? Sicura che ti vada bene così? Guarda che i figli ti danno forza."

Spesso le persone, invitandoci a dire la verità, esercitano su di noi una pressione.

Sentendomi come una bambina, tentai di schivarla.

"Per me... il vero amore è Chie-chan che quando io ho sessant'anni di punto in bianco mi dice 'Sai? Torno in Australia?', e io che, senza guardarmi indietro un solo istante a pensare alla vita che ho scelto, senza rivolgere un solo pensiero ai trecentomila yen che non vedrò più, senza nemmeno tentare di fermarla rispondo: 'Bene, buona fortuna'" dissi. "Grazie a Chie-chan ho capito quanto sia bello aiutarsi a vicenda. Ho scoperto la bellezza di un rapporto disinteressato."

Penso che forse quel giorno verrà. Un paesaggio con delle pecore, una spiaggia da cui si possono vedere i delfini si addicono a Chie-chan. Credo che per lei sia dura vivere in Giappone. Quindi non sarebbe strano se accadesse.

A immaginare la scena mi scese una lacrima.

"Ah, è così? Ho capito. Se il legame tra voi è tanto stretto, per te Chie-chan è come una figlia di cui devi assumerti la responsabilità" disse la zia.

Questa sua rapidità nel cambiare opinione era uno dei lati grandiosi della zia.

Non so quante volte mi ha dato dei consigli da un punto di vista che a me sembrava sbagliato, ma si è sempre immedesimata nella mia situazione, comprendendomi dal profondo del cuore. Naturalmente per questo è stato sempre necessario che le spiegassi tutto per filo e per segno, utilizzando ogni mia energia per farmi capire, ma ho imparato da questi scambi con lei ancora di più che dal lavoro.

È come parlare con una persona di un paese straniero.

"Anch'io, quando mia figlia mi ha detto che voleva andare a vivere in Nepal ne ho sofferto e non riuscivo a capire, ma adesso sono felice di averla lasciata libera. Lì si è sposata con un dottore americano e adesso va e viene fra Giappone, Nepal e Stati Uniti" disse. "Se allora l'avessi fermata, adesso non avrei la gioia di vedere quella mia adorabile nipotina mezzo americana, non riceverei tante cartoline da varie parti del mondo. E quindi sono contenta che sia andata così. Una volta che hai conosciuto la faccina di un nipote non puoi più tornare al tempo in cui non esisteva ancora."

"Lo capisco. Ma vedi, so che a te potrà sembrare contorto e incomprensibile, ma nel mio caso a farmi conoscere questa sensazione è stata Chie-chan."

"Ma no, capisco anch'io. Tu sei sempre stata un'originale" disse la zia annuendo. "Per come sei fatta, anche se allevassi un furetto, per te sarebbe amore. Si può imparare da qualsiasi cosa, non ci sono regole prestabilite. Ovviamente, non è che con questo volessi paragonare Chie-chan a un furetto."

Invece volevi, pensai, ma non lo dissi.

Vista da chi non la conosce bene, probabilmente Chie-chan suscitava una sensazione del genere. Un animaletto, un peso, un ingombro, una seccatura, una palla al piede. Sei brava a occuparti di lei. È una vera opera buona. Ti sei accollata un impegno non indifferente.

Ma la cosa che più temevo era il fatto che le persone non dicessero queste cose in modo diretto come mia zia.

Se l'avessero fatto, almeno avrei potuto spiegare.

"Non è che io abbia pensato di dovermi prendere cura di Chie-chan perché è una persona a cui manca qualcosa. È perché come amica ha dei lati che mi piacciono, e perché in questo momento ha bisogno di me. L'unico problema di Chie-chan è che, a causa delle circostanze insolite in cui è cresciuta, è diventata una persona molto silenziosa. Per il resto può fare qualsiasi cosa normalmente. Se avesse avuto qualche problema serio, che so, se avesse avuto la sindrome di Down, se avesse sofferto di disturbi mentali o avesse avuto difficoltà motorie, avrei continuato a mantenere il rapporto con lei in altro modo, per esempio lasciandola vivere in Australia e facendole visita ogni tanto, oppure usando i suoi soldi per mantenerla in un istituto, andandola a trovare una volta al mese. Io lavoro, lavorare mi piace, e Chie-chan non è mia figlia. Però, anche se lei fosse stata in una condizione del genere, e se i lati di lei che mi piacciono fossero stati comunque presenti e visibili, avrei continuato a volerle bene e a mantenere il rapporto con lei. Ecco. Ma la cosa più importante è che non vivrei con una persona che non amo nemmeno per un milione di yen al mese."

Questo è quanto potrei dire, in tutta sincerità.

Tuttavia, nessuno manifesta apertamente quello che pensa.

E dentro di sé ognuno emette sentenze su di me.

Fa tutto questo solo per trecentomila yen? oppure: Mira solo ad accaparrarsi i trecentomila yen.

È un impegno gravoso, ma avrà accettato perché è una persona molto buona.

Che altro poteva fare? È pur sempre una parente.

Secondo me aveva un disperato bisogno di qualcuno perché si sentiva sola.

Io penso che siano amanti, altrimenti non si spiega.

E via dicendo.

Queste voci, sottili ma inesorabili, si accumulavano dentro di me, e a un certo punto, senza neanche accorgermene, cominciavo anch'io a pensare le stesse cose, il che era davvero sgradevole.

Cosa c'era di strano, in fondo, se vivevo con una mia cugina, vicina a me anche per età? Ma non mi sorprendeva che gli altri traessero conclusioni errate, un po' perché c'erano di mezzo i soldi, e un po' perché il carattere e lo stile di vita di Chie-chan erano piuttosto eccentrici (per il fatto che non lavorava e aveva trascorso la sua infanzia all'estero, in un ambiente abbastanza stravagante). In fondo penso che si trattasse di una sorta d'invidia.

L'opinione generale che la nostra vita insieme non potesse funzionare si trasmetteva anche a me.

Ma i miei ritmi sono così lenti che i tre giorni degli altri corrispondono per me ad almeno tre mesi, quindi la mia vita con Chie-chan aveva appena cominciato a prendere quota. Naturalmente non avevo la minima idea di dove avremmo atterrato. Ma io non avrei voluto fare nulla in cui si sapesse all'inizio quale sarebbe stato il luogo di atterraggio.

"Dimmi la verità, adesso sei innamorata di qualcuno?" chiese la zia con un sorrisino complice. "Da quando sei tornata l'ultima volta dall'Italia, trovo che c'è in te qualcosa di diverso."

"Niente, nessuna love story" risposi.

Ma nel rispondere così, dentro di me pensai: Però, è acuta la zia, molto più acuta della mamma...

Dato che sono single, e che sembro ancora abbastanza giovane, ogni tanto, soprattutto quando sono all'estero, ho qualche piccola avventura. In Europa una donna della mia età ha diverse chance.

Ma in Italia, in confronto al Giappone, esiste ancora un sistema di classi sociali abbastanza marcato. Se non si sta attente a chi si frequenta, ci si può trovare coinvolte da persone appartenenti ad ambienti completamente diversi dal proprio, e anche incontrare dei veri farabutti, senza riconoscerli come tali. Si può correre il rischio di subire violenza, anche di gruppo, o di essere derubate, perciò è davvero necessaria molta cautela. Parlo naturalmente di cose che ho sentito.

Quindi, se si viene abbordate, non bisogna mai seguire nessuno alla leggera. Poiché è necessaria molta più prudenza che in Giappone, finora non sono mai uscita da sola con qualcuno su cui non avessi informazioni sufficienti.

Eppure, quest'ultima volta era accaduto qualcosa di un po' diverso dal solito.

Il penultimo viaggio d'affari era stato un disastro.
Era successo di tutto: uno dei pacchi con la merce era an-

dato perduto, il che mi aveva tenuto tutto il tempo in tensione, e aveva creato problemi anche al negozio. Poi, quando finalmente arrivò, era aperto, e a causa di ciò dovemmo pagare una cifra spaventosa di tasse doganali. Durante il viaggio fui seguita con insistenza da uno strano tipo che mi venne dietro sino all'albergo; nel fare i pacchi per errore attaccai del nastro adesivo su una borsa dal tessuto delicato, rovinandola; mangiai del prosciutto crudo andato a male che mi procurò un terribile mal di pancia; a causa del condizionatore difettoso dell'albergo presi il raffreddore. Si susseguirono tante cose sgradevoli di questo tipo che quasi mi portarono a odiare l'Italia e questo lavoro.

Provai a riflettere su quali potessero essere le cause di tutto ciò, e capii che la colpa non era della sfortuna ma solo del fatto che in quel periodo ero stanca e affaticata.

Perciò, l'ultima volta fui molto prudente.

Dopo aver discusso con mia zia, scelsi un albergo di livello leggermente superiore. Quello di prima non aveva nemmeno l'ascensore, così io, priva di forze com'ero, avevo evitato di comprare oggetti pesanti per non portarli su per le scale. I risultati erano stati pessimi, e naturalmente avevano avuto ripercussioni sulle vendite del negozio. Nel nuovo albergo invece l'ascensore c'era, anche se malandato e cigolante, e poi mi organizzai in modo da non dover visitare troppi posti in una giornata e poter fare tutto con calma, anche se ciò significò rinunciare al mio tempo libero.

Fu un viaggio stoico, ma anche molto fruttuoso.

La mattina facevo dei sopralluoghi negli outlet, poi, prendendomi il tempo necessario, ragionavo con calma, bevendo una tazza di tè, su cosa comprare, e alla fine conclusi degli ottimi acquisti, senza superare i limiti del budget assegnato. Non comprai solo le cose che piacevano a me, ma trovai quelle adatte al tipo di clientela della zia, e arrivai persino a considerare nella scelta lo stile del suo negozio.

Non avevo il tempo di andare a pranzo in quelle ottime

trattorie a buon mercato che mi piacevano, né di comprare prelibatezze nei negozi di gastronomia, ma in compenso mi godevo la colazione del mattino nel mio bar preferito, con un caffelatte e un cornetto, e anche qualche breve passeggiata alle chiese e piazze nelle vicinanze. Approfittando del fuso orario, riuscivo a lavorare bene sin dalle prime ore del mattino.

Durante questo viaggio mi convinsi che potevo continuare con questo lavoro, e acquistai maggiore fiducia in me stessa. Ormai avevo capito che, finché avesse mantenuto il negozio, la zia avrebbe avuto bisogno di me.

Non provavo nessun interesse per le signore che venivano al negozio e mi esortavano a fare un matrimonio combinato, né per i ricchi, né per quelli che avevano la mania dell'Italia, né mi interessava fare da guida agli italiani in vacanza in Giappone. Però, quando mi venivano richieste collaborazioni di lavoro, cercavo di svolgere i miei compiti con precisione. Se volevo evitare incombenze che mi erano davvero sgradite, come partecipare a incontri a scopo di matrimonio o fare lavori che comportassero il passare la notte fuori, rifiutavo usando Chie-chan come scusa. Devo ammettere che i trecentomila yen che grazie a lei mi arrivavano sul conto ogni mese mi rendevano più spavalda. L'affitto costava centotrentamila yen. Così anche nella malaugurata ipotesi che avessi perso il lavoro, facendo un po' di economie avremmo potuto tirare avanti per un po' con i suoi soldi e i miei risparmi. Affrontando le cose con questo spirito, senza timore, i miei acquisti divennero allo stesso tempo più attenti e più audaci.

Dopo aver spedito tutti i pacchi in Giappone, mettendo nel bagaglio a mano solo gioielli e accessori, mi diressi verso l'aeroporto di buon umore, anche se fisicamente ero esausta. L'ultima notte avevo dormito all'Hilton di Fiumicino e la mattina presto andai all'aeroporto a piedi.

La strada dall'albergo all'aeroporto è in realtà lunghissima.

Lo slogan pubblicitario secondo cui si può arrivare all'aeroporto a piedi non è falsa, ma bisogna percorrere un interminabile corridoio trascinandosi dietro il bagaglio. All'inizio della camminata avevo sonno e provavo una gran fatica. Ma nel proseguire fui gradualmente invasa da un senso di appagamento.

La luce del mattino e l'aria leggermente fredda, tipica dei corridoi degli aeroporti, mi inebriarono. Avevo sempre fatto tutto da sola, ma era la prima volta che ciò mi procurava un tale sentimento di soddisfazione.

Fino ad allora, per quanto mi fossi impegnata seriamente, da qualche parte dentro di me non avevo fiducia nelle mie capacità, e così ogni volta pensavo che sarebbe stato meglio se insieme a me ci fosse stato qualcun altro, oppure venivo presa dalla preoccupazione che un certo articolo potesse non incontrare il gusto di mia zia, e allora, anche se ormai l'avevo comprato, scattavo una foto e gliela inviavo per mail, in modo da ottenere la sua riposta e tranquillizzarmi. Ma capii che questa era una forma di dipendenza. Visto che mi era stato affidato un compito, dovevo semplicemente svolgerlo assumendomi in pieno la responsabilità.

Le persone che andavano verso l'aeroporto o verso l'albergo camminavano a passo svelto, inondate dalla luce polverosa del mattino. Gli annunci si susseguivano senza interruzione. Superato il check-in e il controllo passaporto, comprai alcune cose che mi avevano chiesto al duty free.

Quando salii a bordo, seduto nel posto accanto al mio c'era lui.

L'aereo era terribilmente affollato. Nel sedermi pensai solo che, stanca com'ero, era una vera seccatura trovarmi per vicino di posto un uomo giapponese.

Essendo seduto vicino al finestrino, avrebbe dovuto chiedere a me, che avevo il posto di corridoio, di farlo passare ogni volta che andava in bagno. Trattandosi di un giapponese, se avesse tentato di attaccare discorso, non avrei potuto nemmeno far finta di non sapere la lingua. Ma mi consolai pensando che era sempre meglio che avere accanto a me un signore italiano grosso e panciuto, che mi avrebbe tolto spazio. Accennai un lieve inchino e mi sedetti.

Anche se dall'aspetto sembrava una persona in viaggio di affari, non era in giacca e cravatta, ma portava una maglia e dei pantaloni di lino. Ai piedi aveva comode scarpe da ginnastica. Deve essere uno abituato a viaggiare, pensai. Quando venne il pranzo, prese solo un bicchiere di vino rosso, invece di ordinare un drink dopo l'altro. Meno male, pensai. Non c'è niente di peggio di un vicino di posto che dopo essersi riempito di alcol russa sonoramente e ti disturba di continuo per andare alla toilette.

Finito di mangiare, fui assalita dal sonno.

Forse perché avevo portato a termine un grosso lavoro con successo. Se anche stavolta fosse andata male, avrei dubitato seriamente di poter continuare. Invece quasi tutto era andato secondo i miei progetti, e se c'era stato qualche imprevisto ero riuscita abilmente a risolverlo, quindi ero davvero soddisfatta. Guardando distrattamente il film, mi addormentai.

Solo una volta sentii che l'uomo mi scavalcava per passare, ma stranamente non fu una sensazione spiacevole. In quel momento sognavo di stare seduta accanto a qualcuno. Una persona piena di calore, che mi ispirava una forte nostalgia. Stavamo bevendo un tè bollente accanto a una finestra dai vetri appannati, guardando la luminosità opaca del cielo. Eravamo seduti vicini, in silenzio, in un'atmosfera che mi ricordava quella dell'infanzia.

Quando aprii gli occhi, dentro l'aereo era ancora buio, e da una sottile fessura della tendina si vedeva che anche fuori era scesa l'oscurità. Mi sistemai la coperta, con l'intenzione di tornare a dormire, e in quel momento lanciai un'occhiata all'uomo accanto a me. Stava guardando il suo PowerBook, il viso leggermente illuminato dal riverbero dello schermo. Non era alto, ma abbastanza robusto, e i suoi lineamenti non potevano dirsi regolari, ma gli occhi erano belli. Aveva l'espressione di un uomo concentrato su qualcosa che lo interessava profondamente. Che bella faccia, pensai distrattamente, e di nuovo chiusi gli occhi.

Avevo l'impressione di essere vicina a qualcosa di grande e caldo, che mi trasmetteva un senso di tranquillità. E capii che quell'atmosfera emanava dall'uomo seduto accanto a me. Era come quando l'albergo dove ti fermi una notte, quasi per caso, si rivela un luogo piacevole e accogliente.

Come era accaduto quella volta sulla spiaggia con Chiechan, il silenzio a volte ci svela qualcosa che esiste fra due persone.

Quando a un tratto aprii gli occhi, lui mi stava guardando il viso. Fissandomi intensamente.

Non mi curai per niente di cose che normalmente mi avrebbero preoccupato, come il fatto di essere senza trucco e avere gli occhi gonfi. Forse perché per metà stavo sognando. Incontrai il suo sguardo e non distolsi il mio. Restammo a guardarci, come se fosse la cosa più naturale. In silenzio, con una sensazione di intimità.

Poi lui avvicinò lentamente il suo viso e mi diede un breve bacio.

Ma, per quanto breve, nessuno dei due si staccò fino a quando le nostre labbra, secche, non furono bagnate.

Non provai alcuno stupore, lui si scostò, e di nuovo ci guardammo intensamente negli occhi. Poi, come se niente fosse accaduto, tornò al suo computer. E io ripresi a dormire.

Quando mi svegliai, le tendine erano tutte aperte e la luce del mattino invadeva l'aereo. I membri dell'equipaggio, con le facce assonnate, passarono con i carrelli delle bevande, e presto si diffuse l'odore di cibi caldi. Avevo la sensazione che il sogno fosse finito.

Al momento di scendere, lui fece per dirmi qualcosa, ma io lo fermai, mettendo l'indice davanti alle labbra.

Meglio non dire nulla, pensai.

Nella luce del mattino ognuno dei due si mostrò all'altro

con la faccia stanca, infilammo i piedi gonfi nelle scarpe, e scendemmo dall'aereo. Lui mi superò a passo svelto. Aveva spalle larghe, la schiena leggermente curva.

Provai un leggero dispiacere a separarmi da lui, ma forse era solo perché gli ero grata di avermi lasciato dormire tranquilla. Però è stato bello, grazie, pensai seguendo la sua figura di spalle mentre si allontanava.

Chi potrebbe dire che questo non sia stato l'amore di un attimo?

Se avessi raccontato questa storia alla zia, tutta la magia si sarebbe dissolta.

Volevo conservare intatto l'incanto di quel momento in cui l'età, il tempo, la mia vita fino ad allora, di colpo avevano smesso di esistere.

Quando tornai a casa, eccezionalmente Chie-chan venne all'ingresso ad accogliermi.

"Ciao" dissi, togliendomi le scarpe.

Lei mi salutò con un cenno della testa.

La luce dell'estate era ancora così chiara da dare l'illusione che la giornata sarebbe stata ancora lunga, anche se mancava poco al tramonto.

Avevo sete e mi versai del tè all'orzo.

Il tè all'orzo di Chie-chan è una bevanda stranissima. Lei fa bollire a lungo l'orzo e poi ci aggiunge lo zucchero. All'inizio mi preoccupava l'effetto che poteva avere sulla linea, ma poi finii con l'abituarmici. L'unico problema era che non si poteva bere a volontà come il normale tè d'orzo.

"Kaori, come mai hai pianto?" mi chiese Chie-chan.

"Perché?" dissi, con un sussulto.

"Hai ancora i segni delle lacrime sotto gli occhi" disse. "Qualcuno ti ha detto qualcosa a proposito di me?"

Sfregandomi gli occhi, risposi:

"Poco prima mi è venuto in mente che quando sarò vecchia potresti andartene all'improvviso, e questo pensiero mi ha così rattristato che mi sono venute le lacrime".

"La possibilità esiste, ma se dovesse succedere cercheremo di fare in modo che non sia troppo triste" disse Chie-chan.
Il suo modo di parlare, come al solito misurato, mi tranquillizzò.
"A proposito, oggi mi ha telefonato un mio vecchio conoscente. Mi ha chiesto di andare a dargli una mano nel lavoro dei campi" disse Chie-chan senza esitazioni.
"Do... dove?" chiesi, col cuore che mi batteva forte.
"In montagna, dalle parti di Brisbane" rispose Chie-chan. "Però sembra che sia una zona piena di serpenti velenosi."
"Ah, immagino che siano a corto di manodopera" dissi, pensando dentro di me: Ci andrà.
Avevo sempre temuto questo momento, ma ora che era arrivato fu solo come fosse passata una folata di vento. Inaspettatamente, non provai alcuna paura.
"Odio i serpenti" disse Chie-chan.
Questo vuol dire che non ha intenzione di andare? pensai, ma decisi di non farle altre domande e mi alzai per mettere un po' di musica.
Poi, voltate le spalle a Chie-chan, pensai: O forse è solo combattuta?
Il cd che per caso avevo scelto era di una cantante italiana che continuava a cantare anche dopo vari ricoveri dovuti a droga ed esaurimenti nervosi. Ero stata una volta a un suo concerto. Aveva un'energia strepitosa. Bastava una sola delle sue canzoni per capire la furia della sua vita. Eppure, adesso, nell'ascoltare la sua voce nell'aria fresca della mia casa, più che quella furia evocava qualcosa di lieve e nostalgico, che si sovrapponeva all'immagine, piena di dolcezza, di Roma a maggio. Mi resi conto di quanto ogni mio ricordo mi arricchisse.
Finché avrò ricordi ...finché avrò i ricordi privi di rimpianto dei giorni vissuti con Chie-chan, anche se per un po' di tempo soffrirò, questa ricchezza non si estinguerà mai, riuscii a pensare.
Anch'io credo di essere una persona capace di rapidi cam-

biamenti. Non è possibile che tutte le cose liete spariscano dalla mia vita. Nessuno potrà portarmele via.

"Kaori, ti sono cresciuti dei peli sulle dita" disse Chie-chan.

"Ah, mi sono dimenticata di toglierli" dissi.

"I peli sulle dita sono orribili" disse Chie-chan.

"Già, tu non sopporti i peli" dissi, mentre li toglievo con la pinzetta.

Arrivata in Giappone, Chie-chan andò subito in una clinica estetica e si fece fare la depilazione definitiva. Sospetto che se avesse avuto i soldi si sarebbe fatta depilare anche il pube. Il suo viso è sempre liscio come un uovo, e anche intorno alle sopracciglia non ha un solo pelo superfluo.

"Devi capire che da quando ero piccola ho sempre visto intorno a me gente ricoperta da peli. A vederne tanti, mi sono veramente venuti a nausea" disse arricciando il naso. "Dato che consideravano buono tutto ciò che è naturale, nessuno si radeva."

"Ho capito, ne hai visti troppi" dissi.

"L'ambiente era piacevole, ma le persone erano troppo pelose" disse Chie-chan.

"Per questo hai fatto la depilazione definitiva?" chiesi.

Chie-chan sorrise e disse:

"Farmi fare la depilazione definitiva era il mio sogno, se fossi venuta a vivere in Giappone. E ora, se andrò a lavorare nei campi, mi toccherà tornare nel mondo dei peli... Ormai ho raggiunto un'età in cui non faccio caso più di tanto agli altri, ma quando ero un'adolescente, quanto li odiavo! Tutti, dovunque ti giravi, erano pieni di peli: ti saltava agli occhi quando alzavano le braccia o se avevano la camicia un po' aperta. Ah, mi ero dimenticata di dirti che prima ha telefonato tua madre. Dice che il tuo cellulare era staccato e che la segreteria non accettava più messaggi. Voleva farti sapere che la prossima settimana verrà in Giappone e vorrebbe vederti".

"Va bene, la chiamerò" dissi.

Possibile che la mamma e Chie-chan, che non mi sembrano avere nessun punto di contatto, fossero riuscite ad avere una conversazione? pensai sorpresa.

Mi cambiai e andai in cucina. C'era solo da mettere a posto i piatti lavati con cura maniacale da Chie-chan. La cucina era così pulita e brillante da comunicare una sensazione di benessere. Poi chiusi il sacchetto della spazzatura e scesi per buttarlo.

"A proposito, Chie-chan, non devo tagliarti la frangetta?" chiesi dopo essere tornata.

Lei scosse la testa.

"No, mi sembra che non sia ancora cresciuta."

"Vuoi un tè?" chiesi.

Annuì. Quindi disse:

"Kaori, una vita in cui si vedono sempre peli continua a farmi schifo, e ho il terrore dei serpenti, ma vorrei andare a vedere la campagna a Brisbane coi miei occhi. Posso andarci? Non credo che starò via molto".

Ero sorpresa.

"Da sola?"

"Sì" rispose. "Verranno a prendermi all'aeroporto. Non avrò difficoltà."

"Riuscirai a dormire in aereo?" chiesi.

"Tanto non c'è differenza di fuso orario. Anche se non dormissi, non fa niente" disse Chie-chan.

Ecco... finalmente quel giorno è arrivato, pensai. Chie-chan ha cominciato a muoversi. E ora che ha cominciato, vorrà continuare, pensai.

Provai una sensazione contraddittoria: una parte di me l'avrebbe trattenuta piangendo, un'altra voleva che partisse serena. Era come se in me vi fossero numerosi strati, fra i quali le mie emozioni si sollevavano e ricadevano come un palloncino che sta per sgonfiarsi.

Avrei potuto lasciarla partire in fretta, nel modo più indolore possibile, sforzandomi persino di sorridere.

Però ero così triste che tutt'a un tratto mi accorsi di avere gli occhi pieni di lacrime. Era una sensazione struggente. Quante volte ancora potremo bere il tè insieme come adesso? pensai. Anche se ci separiamo resteremo amiche, ma non potremo più vivere così, comunicando con il linguaggio del nostro corpo. Una volta separate, niente sarà più lo stesso.

"Se ti va, perché non vieni anche tu?"

"Se decidessi di andarci spesso, o di vivere lì, verrò a trovarti" risposi.

"Bene, così potremo andare in giro, per esempio visitare Sidney" disse. Per lei, l'Australia è la patria.

Mai avrei immaginato che un giorno avrei potuto fare dei viaggi con Chie-chan, che non ama nemmeno uscire di casa. Anche lei continua a cambiare, pensai.

I giorni sembrano scorrere uguali a tanti altri, ma qualcosa, poco alla volta, comincia a muoversi. I segnali sono sparsi qua e là, e poi un giorno si manifestano all'improvviso, come quando sbocciano i fiori o si mette a piovere. E io cosa posso fare? Nulla. Posso solo stare a guardare. Come sempre nella vita.

Che cosa è bere un tè, mangiare insieme a qualcuno? Solo un'accumularsi di cose da nulla che domani scompariranno.

"Mentre io sono via, puoi far restare qualcuno a dormire" disse Chie-chan. "So che in genere è difficile, con me qui, portare a casa chi vuoi. Mi dispiace."

"No, stai tranquilla, non ho questa intenzione" dissi.

Provavo tanta tenerezza per Chie-chan che avrei voluto prendermi cura di lei anche più di così. Ma se l'avessi fatto, avrei finito col tentare di cambiarla nel modo che piaceva a me. Farle mettere i vestiti che dicevo io, mostrarle le cose che amavo, condividere tutto. E siccome sapevo che il pericolo era sempre in agguato, ho sempre cercato di non lasciare che questa tentazione esplodesse.

Ogni volta che tornavo dall'Italia, quando il Narita Express arrivava a Shinjuku e salivo sul taxi, a un tratto guardavo il cielo, e nel pensare "Torno a casa e troverò Chie-chan" provavo un grande sollievo. Quanto equilibrio aveva acquistato la mia vita, da quando succedeva questo?

Non so se a Chie-chan facesse particolarmente piacere, ma ogni volta che portavo di nascosto del formaggio, del vino o del pane nel mio bagaglio a mano, non vedevo l'ora di poterlo dividere con lei.

La casa sarà pulita da fare paura come al solito? pensavo. Lei che adora pulire, avrà lucidato tutto allo stesso modo, che io ci fossi o no. Sarà tutto così scintillante da far sembrare misera e buia la mia stanza, l'unica che non le faccio toccare.

Quel luogo, nella mia immaginazione, era sempre per me come un'oasi.

Ma questa volta sarebbe stata lei a partire per un viaggio, e io ad aspettare.

E il giorno in cui sarebbe tornata, come avrebbe immaginato la casa dov'ero io?

Se fossi stata la Kaori di un tempo, avrei seguito Chie-chan dappertutto, accettato tutte le sue richieste e l'avrei viziata in modo che lei non avrebbe potuto vivere neanche un giorno senza di me. Poi, se qualcosa fosse andato male, avrei ricominciato una nuova vita senza nessun rimpianto. Cioè avrei badato solo a soddisfare il mio attaccamento e mi sarei giustificata dicendo: "Alla persona a cui voglio bene adesso, dedico senza riserve ciò che posso offrire al momento, ma non ho in me il tempo e la voglia per pensare al domani. Questo è l'amore".

E invece non mi comportai così. Anche se all'inizio avevo provato a darmi da fare per lei, Chie-chan aveva un io talmente forte che mi accorsi di stare esercitando su di lei una pressione. Nacque così in me un pensiero differente: amore è rispettare la vita che Chie-chan desidera fare. Grazie a questo pensiero, che è cresciuto sempre di più in me, si è sviluppato fra noi due uno spazio enorme. Far sì che Chie-chan potesse cavarsela anche senza di me: questo adesso era per me l'amore.

Qualche giorno più tardi mia madre venne a Tōkyō.
Siccome questa volta era sola, senza mio padre, si fermò a dormire da me.
Sembrava sorpresa del fatto che Chie-chan fosse diventata molto più loquace.
"Mi piacerebbe mangiare l'*okonomiyaki* della zia, con la carne di maiale e le seppie. Mi è rimasto impresso" disse Chie-chan. Mia madre, sempre più sorpresa, fu anche molto lusingata e decise di andare a fare la spesa. Io l'accompagnai.
"Così ne approfitto anche per comprare tutte le cose che mi ha chiesto tuo padre: il dado da brodo, gli *instant ramen*, gli *udon* eccetera" disse la mamma.
"Ma supererai il limite di peso consentito. Spediscili via nave. Vuoi che lo faccia io?" dissi.
Mia madre, ridendo, rispose:
"Naturalmente manderò quasi tutto via nave, tranne gli *udon*. Tuo padre non ce la farebbe ad aspettare tanto tempo. Attende con più ansia gli *udon* che il mio ritorno. Quindi li dovrò portare nel bagaglio a mano".
Nel supermarket, a quell'ora di pomeriggio c'erano pochissimi clienti, e io e mia madre comprammo diverse cose nuotando in quei grandi spazi. Cavolo, salsa *Otafuku*, polvere di *katsuobushi* e altri ingredienti per l'*okonomiyaki* della sera, e inoltre i vari cibi che non si trovano in Malesia.
Poi, con le braccia cariche di sacchetti, andammo a prendere un tè in un bar lì vicino.
Mia madre era abbronzata, e sembrava molto più felice delle altre giapponesi della sua età. Mi sentivo fiera di lei. Se la vita all'estero l'avesse resa stanca, scontenta, insoddisfatta, sarebbe stato molto triste. Ma nonostante tutto, non faceva che ripetere:

"Ah, che bello il Giappone, come si sta bene".
Mi spiegò che c'erano tante piccole cose positive di cui non ci si rende conto se non ci si allontana.
Mio padre e mia madre, quando vivevano in Giappone, non è che andassero particolarmente d'accordo, ma credo che la lotta contro la malattia e il fatto di aver dovuto mettere insieme le loro forze dopo essersi trasferiti all'estero avessero migliorato molto il loro rapporto. Anche questa era una cosa positiva. Qui in Giappone c'erano tante vie di fuga, e potevano evitare di confrontarsi fra di loro, ma all'estero, dove avevano pochi amici, era diverso.
"I soldi di Chie-chan continuano ad arrivarti regolarmente?" chiese la mamma.
"Sì, controllo ogni mese su internet. Nessun problema" risposi. "Dall'avvocato della zia."
"Se ne occupa seriamente" disse la mamma.
"Ma come ha fatto la zia a mettere da parte tanti soldi?" chiesi.
Mia madre sgranò gli occhi:
"Perché? Davvero pensavi che la zia, con la vita che faceva, potesse aver lasciato tutti questi soldi alla figlia?".
"Per la verità, avevo sempre nutrito qualche sospetto, ma siccome ogni mese quella cifra mi viene regolarmente versata sul conto, mi sono detta che non era il caso di indagare. Magari, se insistevo troppo, i soldi avrebbero smesso di arrivare" dissi francamente.
"Quei soldi vengono dal padre di Chie-chan" disse la mamma.
"Cosa? Allora si sa chi è il padre di Chie-chan?" chiesi sorpresa.
"Sì, c'è stato un periodo in cui la zia ha avuto una relazione con un uomo sposato. Un politico" disse la mamma. "In quel periodo lei faceva la hostess, in un club particolare."
"Non sapevo nulla..." dissi io.
Riuscii a immaginare che la zia, prima di diventare hippy,

potesse essere stata una giovane donna di quelle che piacciono agli uomini. Aveva la vita stretta, il seno prosperoso, le labbra sottili. E probabilmente in quel periodo ancora si depilava. Sì, riuscivo a figurarmela.

"Poi rimase incinta di Chie-chan. Così, confusa, disperata, pensò di fuggire in Australia, e andò a finire in quella comune dove aveva un amico. L'unica cosa che possedeva era un appartamento che il suo amante le aveva comprato in segno di gratitudine o, se preferisci, quale indennità di separazione. Poi lo vendette e il denaro che ne ricavò è l'eredità di Chie-chan."

"Eeh?" esclamai incredula.

"Pensavo che avessi il diritto di saperlo, quindi ti ho detto tutto, anche se papà era contrario. Secondo lui non era il caso. La cosa importante però è che tu non lo dica a tua zia, il boss, che è così chiacchierona" disse. "Se lo racconti a lei la notizia si spargerà in fretta raggiungendo anche i luoghi più lontani."

Risi.

"E tu ti ritroveresti senza più un soldo" aggiunse la mamma.

"Ma cosa dici, mamma? Guarda che io ho un lavoro."

"Ti riferisci al salotto per signore di quella tua zia piena di soldi?"

Mia madre fa sempre commenti scoraggianti sulle cose che faccio. Ma ormai ci sono abituata, e adesso che siamo lontane a volte ne ho addirittura nostalgia.

"È comunque un lavoro, e per adesso non è in discussione" dissi.

"E se tutto va male, puoi sempre trasferirti anche tu all'estero" disse mia madre.

"Ma se non hai fatto altro che dire quanto è bello il Giappone!"

"Però, se vai all'estero capisci tante cose. Che il denaro non è la cosa più importante. E che la normalità non è finire la propria vita in un ospedale affollato, guardando gli altri malati" disse la mamma.

"Credo di capire quello che vuoi dire" dissi. "Naturalmente, può anche succedere di morire in questo modo, ma almeno finché si è vivi e in salute non si pensa nemmeno a una cosa del genere. Anche in Italia tutti fondamentalmente pensano di restare a casa loro fino all'ultimo. Fino a che non stanno proprio per morire, programmano la loro prossima vacanza."

"Questo non perché le persone all'estero siano più sane e robuste di noi" disse mia madre. "Né perché noi possediamo un po' di denaro. È che loro, conoscendo anche i lati piacevoli della vita, fino a quando gli è possibile non vogliono pensare a quelli spiacevoli."

Vivere all'estero, se ci si abitua sembra niente, ma è faticoso.

Da quei brevi commenti di mia madre capii che a modo suo stava facendo diverse scoperte.

Adesso Chie-chan era la mia famiglia principale, e inevitabilmente mia madre non poteva incontrarmi se non in situazioni in cui c'era anche lei, quasi avesse due figlie. Però non se ne lamentava. All'inizio sembrava un po' infastidita, e cercava di incontrarmi da sola, ma alla lunga vivere in un paese caldo sembrava averla resa più aperta. Avevo la sensazione che, per effetto dell'ambiente, fosse nata dentro mia madre un'altra persona.

Anch'io quando parlo italiano sono un po' diversa rispetto a quando sono in Giappone, più decisa, e anche il mio modo di camminare cambia. Mi trucco persino in modo diverso. Dentro ognuno di noi, quante personalità diverse convivono? Sicuramente infinite, che si manifestano a seconda delle circostanze.

Pensai che fra le mie tante personalità, quelle che mi piacevano di più erano la Kaori che viene fuori quando sto con la mia famiglia e con Chie-chan e la Kaori che si manifesta al lavoro con mia zia. Forse per questo stavo più spesso con loro che con altri. Sono persone in cui si sovrappongono molti aspetti. L'immagine è quella di tanti cerchi dai colori dell'arcobaleno che si sovrappongono. Collegandosi l'uno all'altro, formano un universo.

Le persone i cui cerchi sono vicini comunicano più facilmente fra loro, mentre quelle che si trovano in un mondo esterno o in uno ancora più lontano hanno difficoltà a intendersi e comunicano a stento. Per esempio, Chie-chan e l'uomo che ho incontrato in aereo entrano in contatto solo attraverso di me. Loro due condividono qualcosa solo tramite la mia esistenza. Mi sembra un fatto misterioso.

Confini e generazioni non hanno niente a che vedere con questo. Anche una musica creata da qualcuno che appartiene a un passato lontano, se entra in contatto con il mondo di un cerchio vicino può trasmettere il senso di incoraggiamento che potrebbe dare una nuova amicizia.

Perciò, penso che giudicare le cose basandosi solo sull'ottica personale del tempo e dell'ambiente in cui si vive sia una scelta limitata. Se, pur mettendocela tutta, si riesce a giudicare solo secondo il proprio punto di vista, sarebbe più rapido allora indagare a fondo dentro se stessi. Per andare lontano, non c'è altro modo. Avere lo stesso metodo per riuscirci era l'unica cosa che Chie-chan e io, per il resto agli antipodi su tutto, avevamo in comune.

Uscite dal bar, mentre camminavamo con i nostri sacchetti della spesa e io guardavo i capelli di mia madre che le oscillavano sulle spalle, brillanti alla luce del tramonto, non riuscivo a smettere di pensare che quello che avevo sentito era incredibile.

Eppure, in mezzo al chiasso degli studenti che uscivano schiamazzando da scuola, il mio cuore era stranamente calmo.

Quel politico lo avevo visto in televisione. Di lui non conoscevo le idee, la carriera, il lavoro. Eppure, quell'uomo e io eravamo sempre stati in contatto attraverso Chie-chan. O forse è più esatto dire, attraverso il denaro. Non avrei nem-

meno saputo giudicare se un comportamento del genere
– non riconoscere la figlia e offrire un compenso in denaro –
si potesse definire onesto, ma conoscendo mia zia, si poteva
immaginare che a quel tempo avesse anche altri uomini. Però
il fatto che lui avesse contribuito economicamente significa-
va che doveva avere qualche forma di amore per lei, e forse
anche la zia aveva cresciuto Chie-chan sostenuta dal pensiero che lui poteva essere il padre. E poi, non spettava a me ap-
profondire, ma probabilmente lui ignorava che il denaro esi-
stesse ancora. Magari, dopo aver versato inizialmente una
somma di denaro a mia zia come "indennizzo", non ne aveva saputo più nulla, e in seguito a occuparsene era stato solo
l'avvocato che aveva suddiviso l'eredità in tante piccole som-
me che inviava ogni mese per Chie-chan.

Sul mio conto corrente.

E qui improvvisamente entravo in scena io.

La mia sensazione era difficile da esprimere. Anche se pensavo che fosse meglio non sapere, ero un po' confusa. In ogni
caso provavo un semplice senso di gratitudine per quei trecentomila yen di cui non conoscevo bene l'origine, e che so-
stenevano l'atmosfera pulita che c'era in casa nostra.

Si dice che è il denaro a far girare il mondo. La frase giusta per esprimerlo non era proprio questa, ma era quella che
si avvicinava di più.

Avevo la sensazione che quel denaro fosse arrivato come
la pioggia che scende su un campo inaridito (non che io e
Chie-chan fossimo un campo inaridito), o come il momento
in cui splende il sole e i panni bagnati cominciano ad asciu-
garsi.

Chissà se quell'uomo avrebbe mai immaginato di pagare
anche il gelato che finiva nella mia bocca spalancata.

Credo che la sua immaginazione si possa essere spinta al
massimo fino a Chie-chan. No, non credo potesse in nessun
modo immaginare che i suoi soldi avrebbe finanziato persino la salsa *Otafuku* comprata per l'*okonomiyaki* cucinato dal-

la zia di Chie-chan che vive in Malesia! Né che grazie a quel denaro Chie-chan sarebbe venuta a vivere in Giappone e che la sua canzone triste sarebbe arrivata alle mie orecchie, arricchendo la mia vita.

Mi sembrò che ci fosse, in tutto questo, qualcosa di molto bello.

Anche la figura di mia madre di spalle e la città che a poco a poco era assorbita dall'oscurità contribuivano a risvegliare in me un languore nostalgico.

Credo sia perché ho raggiunto una certa età che i ricordi hanno smesso di farmi male. Sentii la gioia tranquilla e la tristezza di tornare a camminare lungo la strada dove avevo già camminato in passato proprio come adesso.

Avevo sempre pensato che le cose tristi fossero tutte odiose. Avevo pensato che il fatto che mia madre non vivesse più in Giappone e il ricordare i giorni dell'infanzia fossero solo esperienze strazianti e penose.

Ma in quella sensazione un po' malinconica – con il vento della sera che soffia, una piacevole sensazione di fame e il petto stretto dalla nostalgia – senza dubbio c'era qualcosa. Qualcosa che avrei voluto trasformare in una caramella, e addormentarmi così, assaporandone tutta la dolcezza.

Io sono stupida, ho molti difetti e sono un po' maldestra nel mio modo di vivere, ma ci sono momenti come adesso in cui mi sembra di vedere tutto chiaramente.

Anche se visto dal fondo dell'acqua appare deformato, il cielo è il cielo.

Mia madre preparò l'*okonomiyaki* esattamente secondo i desideri di Chie-chan.

Chie-chan disse:

"Zia, vorrei che restassi così a lungo da non poterne più di mangiare *okonomiyaki*".

Da parte sua era un'espressione di affetto incredibile, ma

io pensai che la mamma forse non l'avrebbe colto. Invece lei, essendo una madre, capì subito. Asciugandosi le mani sul grembiule, le sorrise con dolcezza. Una dolcezza che avevo sperimentato da bambina, che mi faceva sentire che tutto era compreso e perdonato.

Ero sollevata del fatto che mia madre e Chie-chan stessero facendo amicizia.

Chie-chan non era il tipo da dire "Hmm, che bontà!" o "È veramente squisito!", ma chi le stava accanto capiva benissimo se gustava davvero quello che mangiava. Se ci si abituava a quel suo modo di esprimersi così privo di esclamazioni ed enfasi, la maggior parte delle persone cominciavano ad apparire un po' false.

Anche mia madre sembrava averla finalmente capita, e non era più a disagio che lei parlasse così poco. Era il primo passo per voler bene a Chie-chan.

Io osservai con attenzione il modo in cui preparava l'*okonomiyaki*, prendendo appunti, in modo da imparare bene come si faceva. Pensai che se si sbagliava qualcosa, fosse pure la temperatura dell'olio, il risultato non sarebbe stato lo stesso. Osservai bene anche il tipo di *yamaimo* che aveva scelto. Perché ero sicura che nei giorni seguenti mi sarebbe toccato fare questo piatto chissà quante volte.

Mentre, finito di mangiare, prendevamo il tè, fuori cominciò a piovere.

Le gocce scorrevano lungo il vetro della finestra.

"La pioggia in Giappone crea un'atmosfera speciale" disse la mamma.

Poi restò per un po' a fissare con un'espressione malinconica la vista dietro i vetri.

A me non piace particolarmente la sensazione di umidità tipica della pioggia d'estate, ma pensai che probabilmente anch'io, se avessi vissuto lontano dal Giappone, l'avrei considerata con la stessa nostalgia. Guardai a lungo il corpo di mia madre, i suoi capelli scomposti, la sua nuca. Anche se l'avevo vista tanto che avrei dovuto averne abbastanza, adesso che era lì davanti a me, la nostalgia di lei era ancora più forte.

Dato che prendere le ferie non mi è impossibile, pensai, voglio cercare di andare ogni tanto in Malesia a passare qualche giorno in albergo nell'isola di Penang in pieno relax con qualche amico, in una stnza con vista sul mare, facendo magari dei trattamenti estetici, nuotando in piscina... sarebbe bello. Inviterò anche Chie-chan, e se lei mi dicesse che non le interessa ci andrò ugualmente, senza più farmi scrupoli per causa sua.

Quando, qualche giorno prima, avevo parlato con Chie-chan della durata della vita, avevo realizzato di colpo che, se fosse arrivato il suo momento, per quanto potessi vigilare su di lei, né io né nessuno avrebbe avuto il potere di fermarlo. Era stata una scoperta un po' triste.

Mi ero resa conto anche del fatto che, senza accorgermene, avevo cominciato a pensare di dover seguire Chie-chan e che mi stavo attaccando a questo. L'idea che fare la guardia a Chie-chan, e non per i trecentomila yen, fosse il mio dovere mi aveva legato senza che ne fossi consapevole. Come mi era potuto succedere? Dalla preoccupazione per lei ero passata al tentativo di rubarle la libertà. Avevo gettato su Chie-chan la rete del mio affetto per lei e l'avevo fatta prigioniera.

Nonostante mi fossi ripromessa di stare attenta, era andata a finire così. C'era da avere paura delle persone, a cominciare da me stessa.

Ma c'erano ancora cose da cui dovevo mollare la presa se volevo che la vita di Chie-chan continuasse ad appartenere a lei.

Non capivo bene se dovevo chiederle di restituirmi qualcosa, o se dovevo essere io a restituire qualcosa a lei, ma le persone, quando tengono qualcuno per la mano, finiscono sempre per stringerla troppo forte.

Passato un po' di tempo, guardai la trasmissione di cronache parlamentari per vedere il padre di Chie-chan.
Lo vidi più volte, ma non le somigliava per niente. La mia intuizione si risvegliò.
Quell'uomo non poteva essere suo padre e se aveva dato quei soldi alla zia la ragione doveva essere un'altra: come ringraziamento per avergli dedicato parte della sua giovinezza, perché forse era stato lui a metterla incinta, o magari perché l'aveva costretta a lasciare il lavoro al club.
Restava il fatto che era quell'uomo in televisione a pagarmi.
Pensai e ripensai alla stranezza di questo fatto, ma non riuscivo a trovare nessun collegamento fra lui e Chie-chan. Di solito le intuizioni, quando sono così forti, colgono nel segno.
Però l'uomo che la zia frequentava più spesso in quel periodo era un australiano. Questo mi faceva sorgere dei dubbi. Chie-chan è al cento per cento giapponese sotto ogni punto di vista. Chi poteva essere allora suo padre? Un altro uomo politico, o un suo cliente del locale di quel periodo?
Non potendo arrivarci con le mie speculazioni, spensi la tivù.
Qualcosa non quadrava, ma non era il momento per fare indagini, quindi lasciai questo problema in stand-by.
Poiché stavo guardando le cronache parlamentari, cosa che non facevo mai, Chie-chan, che stava lavando il pavimento della cucina, era molto perplessa.
Quando spensi, apparve sollevata.
"Meno male, sei sempre tu, Kaori. Non riuscivo a capire cosa ti era successo" disse.

Quando lui mi telefonò al negozio, ero nel magazzino e stavo aprendo alcuni pacchi arrivati da poco.
Poiché mia zia è elegante in tutto, anche il magazzino non era un deposito buio, ma una stanza luminosa arredata in modo essenziale. Le pareti erano ricoperte di scaffalature fino al soffitto, costruite in modo che si potesse prendere con faci-

lità qualsiasi merce. C'era anche una macchina per il caffè espresso. Mentre ne bevevo uno, allungato con un po' d'acqua, tiravo fuori dalle scatole gli articoli che avevo comprato, ci mettevo i prezzi ricavati dai miei calcoli, e prendevo degli appunti per capire quali erano le merci attualmente in deposito.

Le cose che avevo acquistato mi suscitavano già nostalgia. Nell'aprire le scatole, si sprigionava l'odore degli aeroporti italiani. Questo bastava a farmi rivivere la sensazione di camminare su quel pavimento, il ticchettio dei miei passi. Rivedevo persino le grandi pupille nere dei cani antidroga.

Ogni cosa mi ricordava un momento: Ah, questo l'ho comprato in quella strada quel giorno che era tutto nuvoloso... pensavo. Al negozio ogni tanto arrivava qualche cliente, e la commessa part-time aveva l'aria molto indaffarata. Di solito offrivamo il caffè alle clienti che si trattenevano a lungo e facevano molti acquisti, o alle persone che avevano appuntamento con la zia, e quel giorno la ragazza veniva continuamente a preparare il caffè per portarlo agli ospiti. Era piacevole avere tanto movimento al negozio.

Stavo lottando nel tentativo di sistemare i materiali di imballaggio riducendone il volume, quando squillò il telefono.

"Kaori, c'è una telefonata per te, da un certo signor Shinoda" disse la commessa.

Shinoda? Chi poteva essere? Forse quel signore della bottega di oreficeria a Firenze? Oppure quell'artigiano che costruiva violini a Cremona? Mentre cercavo rapidamente di passare in rassegna i giapponesi che avevo incontrato in quei posti, risposi al telefono.

"Sono Morisawa" dissi.

"Io..." disse una voce maschile.

"Chiedo scusa, ma lei è la signorina che qualche giorno fa era sull'aereo Alitalia Roma-Tōkyō?" chiese l'uomo.

"Sì, ma..."

Che cosa vuole? Pensai. E per un attimo parole come "con-

flitto internazionale", "terrorismo", "spionaggio" mi ruotarono in testa.
"Io sono la persona che era seduta accanto a lei in aereo. Si ricorda?" disse.
Ah, pensai, è l'uomo del bacio. E istantaneamente sorrisi.
"Sì, mi ricordo" dissi.
"Sa... sulla sua borsa c'era un grande adesivo con il nome del negozio e il numero di telefono. L'ho tenuto a mente e poco fa ho chiamato chiedendo se c'era una persona così e così che lavorava lì, e finalmente l'ho trovata. In effetti la ragione è che vorrei assolutamente rivederla" disse.
Non ci avevo fatto caso, però effettivamente dovevo avere un adesivo attaccato alla borsa. Lavorando in Italia lo usavo qualche volta, attaccandolo sul tessuto della borsa, quando dovevo incontrare qualcuno per la prima volta, come segnale di riconoscimento, ed evidentemente era rimasto lì.
"Non sarebbe meglio conservare così quel ricordo?" chiesi.
"Io non ho potuto fare a meno di pentirmi di non averle parlato" disse lui.
Quel momento si era stranamente impresso in me. Io pensavo che fosse stato bello proprio perché non avevamo parlato. Sentivo ancora intorno alle spalle la sensazione di calore di quel momento in cui eravamo l'uno accanto all'altra in silenzio. La sua mano appoggiata sulle mie ginocchia, non l'avevo guardata con desiderio sessuale. Ma avevo notato che era bella. Ricordavo anche che non portava la fede. Oggi però il fatto di non portare la fede non significa necessariamente che una persona non sia sposata.
"Senta, può darsi che io le sia sembrata più giovane, ma ho superato i quarant'anni" dissi.
"Non si preoccupi, non ci sono equivoci. Eravamo seduti molto vicini" disse lui.
"Ha ragione" dissi ridendo. "Ero senza trucco e avevo passato quasi la notte in bianco."

Mi ero mostrata persino col viso lucido, ricoperto da uno strato compatto di crema idratante, preparata per dormire.

"E poi ho una situazione particolare. Non ho figli ma è come se ne avessi" dissi.

"Il suo viso mentre dormiva era bellissimo" disse lui, per niente scoraggiato. "Ma non le chiedo molto. Solo di incontrarla un'altra volta e parlare un po'. Anche un momento di giorno, se per lei va bene."

In effetti, l'idea non è che mi dispiacesse.

Non avvertivo la pressione di quando si è costretti a incontrare qualcuno che non si ha voglia di vedere.

Non avendo ragione di rifiutare, guardai l'agenda e decisi il giorno. Presi anche il suo numero di cellulare. Nella luce del pomeriggio, più che da un'emozione, mi sentii invadere dalla sensazione di nostalgia per un sogno sfumato.

Io sono sempre così. Penso con tranquillità e nostalgia alle cose che avevo fino a poco prima, e che adesso non ho più.

Poi, il pomeriggio di alcuni giorni più tardi, mentre stendevo il bucato, squillò il mio cellulare.

Chie-chan era chiusa nella sua stanza, probabilmente a leggere un libro. Entrai nella mia camera e presi il cellulare.

Vidi dal display che la chiamata era della signora Yamada, la direttrice del negozio della zia.

Risposi subito, temendo che fosse sorto qualche problema al negozio. A meno che non arrivi un pacco con della merce rotta o difettosa non mi chiama mai al telefonino. E poi, a pensarci bene, quel giorno il negozio era chiuso, che è la ragione per cui potevo prendermela comoda e appendere i panni. Strano, pensai.

"Pronto, sono Kaori" dissi.

"Ah, buongiorno, Kaori. Sono Yamada. Volevo avvisarti che lascio il negozio. In realtà ne avevo già parlato da tempo con tua zia, ma lei rifiutava di accettare le mie dimissioni, e la situazione si è complicata, ma finalmente mi ha detto che dalla prossima settimana potrà fare a meno di me" disse la Yamada.

"Alla zia non piace affrontare le cose che le creano problemi. Se lo avessi detto a me, avrei cercato di convincerla a darti ascolto più seriamente. Ma come mai vuoi lasciare? Ti sposi?" chiesi, visualizzando l'uomo abbastanza giovane dai capelli castani che la veniva a prendere a volte e che aveva l'aria di un rappresentante di abbigliamento.

"A dirti la verità, ho avuto un'offerta da un grande negozio e ho deciso di accettare. Siccome aprono una nuova sede, avrebbero bisogno di me sin dalla fase preparatoria. È una cosa che ho detto a tua zia da non so quanto tempo, ma il discorso non approdava mai a nulla" disse la Yamada.

"Quindi avrai uno stipendio più alto. Bene" dissi.

Forse avrei dovuto mostrarmi arrabbiata, o raccomandarle di non portarsi via i clienti, o qualcosa del genere, ma non mi veniva e quindi non dissi niente. Per me la cosa importante era unicamente il know-how degli acquisti in una piccola impresa privata, che in un negozio di grandi dimensioni sarebbe stato inutilizzabile. Inoltre, sia il know-how che i contatti sono una cosa molto personale, che esiste solo nella testa di chi li possiede, e quindi non mi preoccupavo minimamente di perderli. A parte il fatto che in un grande negozio anche una fitta rete di conoscenze e contatti probabilmente sarebbe servita a poco. Penso che ognuno debba stare al posto che gli si addice.

Mi è capitato più volte di sentirmi dire: Come faresti, tu che ti sei adattata così bene al negozio di tua zia fino al punto di costruirci attorno la tua vita, se un giorno lei per un capriccio decidesse di chiudere? È una domanda che naturalmente mi ha fatto anche la Yamada. Ma io avrei voluto chiedere a loro: come si fa a non adattarsi perfettamente a un lavoro che ti sta a pennello come un abito fatto su misura?

Ero convinta che se non mi fossi lasciata prendere da troppe angosce riguardo al futuro, al momento opportuno mi si sarebbero presentate altre chance. D'altra parte, se mi fossi affidata completamente alla zia, sarei entrata in ansia e non avrei potuto lavorare con lo stesso slancio.

"Certo, Kaori, anzi, se fossi interessata dimmelo. Posso presentarti in qualsiasi momento. Però mi rendo conto che trattandosi di tua zia, non deve essere facile" disse Yamada.

"Sì, infatti è così. E poi in questo momento non ho particolari problemi economici. Ma soprattutto, quando il lavoro diventa troppo impegnativo, io vado in tilt. Se sono troppo sotto pressione, comincio a rendere sempre meno. Credo che se riesco a gestire questo impegno è proprio perché il mio datore di lavoro è una persona di famiglia. Al mondo ci sono anche persone fatte così" dissi. "Però, se dovessi trovarmi in difficoltà, può darsi che approfitterò della tua gentilezza."

"Kaori, tu sei sempre stata una persona onesta e libera. È questo che mi è sempre piaciuto di te" disse Yamada. "Comunque, a parte il fatto che mi ha reso difficile lasciare questo lavoro, non ho niente da rimproverare a tua zia. Avevo solo bisogno di provare a fare qualcosa di diverso."

"Nella vita ci sono periodi così."

"Sì, infatti."

"Sentiremo la tua mancanza, ma tanti auguri per il nuovo lavoro. Per qualsiasi cosa chiamami pure" dissi, e chiudemmo.

La telefonata non mi aveva lasciato nessuna particolare impressione.

Io sono attaccata a Chie-chan a un livello molto profondo, ma per la Yamada evidentemente non ho nessun attaccamento, pensai.

Trattandosi di una persona che non mi dispiaceva affatto, ero io stessa sorpresa della mia reazione.

Com'è possibile, con tutti i pacchi che abbiamo aperto insieme e i tanti tè e le chiacchiere che abbiamo condiviso? pensai. I rapporti fra le persone sono davvero misteriosi. Avrei dovuto sentirmi triste, tentare di convincerla a cambiare idea, e invece non provavo nulla.

Al massimo un vago rimpianto, come quando da ragazza un compagno di classe cambiava scuola.

Ah, quella era stata l'ultima volta, pensai, sparisce così.

Yamada continuerà a vivere nel mondo delle persone di Odaiba, della sua famiglia e del suo fidanzato, ma scompare dal mio. Presto diventerà una persona che appartiene ai ricordi. Se il destino non ci farà incontrare, sarà come le persone che esistono solo nelle immagini. Non vi è nulla di sicuro. Viviamo i giorni nuotando in un mare immenso. Nessuno può sapere quale nave incontrerà, in quale porto si separerà.

Giovedì scorso al negozio, quando stavo per andarmene, ci eravamo salutate e lei mi aveva fatto ciao con la mano, sorridendo. Avevo ancora impresso negli occhi l'orlo della sua gonna nera. Se avessi saputo che era l'ultima volta, forse avrei fatto qualcosa. Magari l'avrei abbracciata. In ogni caso mi sono sempre comportata in modo affettuoso con lei, quindi non ho rimpianti. Rimarranno solo dei ricordi ad avvolgermi: lievi come il profumo dei fiori, soffici come farina di neve.

"Ti hanno chiamata dal negozio? Devi andare?" chiese Chie-chan.

"Sì, ho saputo che la direttrice si è dimessa improvvisamente. Anzi, neanche tanto improvvisamente. Ero io l'unica a non sapere niente" dissi ridendo.

Anche il fatto di non pensare, in situazioni come questa, che avrei voluto essere informata, credo sia tipico del mio modo di essere.

Chie-chan fece "hmm". Quindi disse:

"Non so, ho l'impressione che si stia formando una corrente. Chissà in che direzione si muove. C'è un profumo di novità".

Se Chie-chan avesse detto qualcosa del tipo: "Assurdo da parte di tua zia non avvisarti prima. Perché non glielo fai notare?", penso che non avrei potuto vivere con lei.

"Sì, anch'io ho la sensazione che le cose si stiano muovendo" dissi. "Tu, Chie-chan, dove pensi che si stia dirigendo questa corrente?"

"La cosa interessante è proprio che non si sa. Come quando si fa il surf" disse Chie-chan. "Io non lo praticavo, guardavo solo, ma guardare mi piaceva. E a forza di guardare, un po' cominci a capirne. Per esempio, quando sei abbastanza esperta, riesci, entro certi limiti, a prevedere quel pomeriggio quali onde verranno. Però il punto debole degli esseri umani è che, continuando a fare questa vita da surfisti per diversi anni, subentra la routine, e allora quasi tutti cominciano a paragonare il presente con il tempo di quella volta, le onde di quel certo giorno, convinti di conoscere ormai a perfezione le onde. A quel punto si fanno male, si pentono, tornano a farsi male, e così via, tante e tante volte. È un errore in cui cadono in molti. Non si accorgono che girano sempre attorno allo stesso punto. Io credo che sbaglino... Pensare che ogni onda è diversa è più importante che riconoscere le onde che si assomigliano. Analizzare le condizioni del tempo è indispensabile, bisogna farlo, ma è molto presuntuoso pensare che esistano condizioni atmosferiche, onde, che siano uguali ad altre. Ammesso che ci siano delle cose uguali, esistono solo dentro di noi e non nel mondo esterno. Con questo non sto cercando di esaltare la grandezza della natura, per niente. Non solo la natura, anche tutte le altre cose sono di volta in volta un po' diverse, ma per l'uomo è tutto troppo grande, la vastità gli fa paura, e allora tende, per sentirsi più sicuro, a irrigidire tutto negli schemi di ciò che conosce."

"Credo di aver capito quello che vuoi dire" dissi. "Allora, cerchiamo di salire sull'onda senza pensare a niente."

"E senza farci male" disse Chie-chan.

"Senti chi parla. Non sei tu quella che ha appena avuto un incidente stradale?" risi.

Anche Chie-chan abbozzò un sorriso.

"Cosa hai messo oggi nella zuppa di *miso*?"

"*Yamaimo* e riso bianco," disse Chie-chan.

"Allora quasi quasi faccio gli *udon* freddi" dissi. "Vado un momento a comprare la pasta fresca."

"Per me può bastare quello che c'è" disse Chie-chan.

La leggera ansia che avevo avvertito sino a poco prima, grazie alla particolare magia di Chie-chan si era dissolta.

Quando Chie-chan posa quel suo sguardo luminoso su qualcosa, anch'io, per qualche misteriosa ragione, riesco a coglierne tutti i particolari.

Come chi guarda la città dal campanile di una chiesa in un giorno sereno, e riesce a sentire persino il profumo del vento che attraversa i campi verdi in lontananza.

Alcuni giorni più tardi, su richiesta di Chie-chan, la aiutai a fare i bagagli.

Sentirla parlare in perfetto inglese con un suo amico di Brisbane mi strinse il cuore.

Mi chiesi se era questo che provano i genitori quando i loro figli partono per andare a studiare all'estero.

La sensazione era quella di un dolore irrazionale, che scavava un buco da qualche parte dentro il mio corpo.

Una sensazione come quando si è viaggiato a lungo con qualcuno e poi a un tratto le strade si dividono, ma più forte, e che ti colpisce ancora più a fondo.

Anche piegare i pochi vestiti di Chie-chan, rammendati più volte, quasi tutti di Benetton, o ricevuti da me, mi dava una malinconia lancinante. Ancora una volta provai un profondo rispetto per la pulizia del modo di vivere di Chie-chan e delle sue aspirazioni. L'interno del suo armadio, con gli stessi vestiti accuratamente lavati, era ordinato come un laboratorio scientifico. Pensai che la bellezza senza un fine ha già in sé un valore.

Dopo aver messo bene in ordine i suoi pochi effetti personali nella mia vecchia valigia, una mattina Chie-chan partì per Narita.

Io l'accompagnai in taxi fino a Shinjuku, le diedi i soldi, controllai che avesse il passaporto, e la guardai allontanarsi. Per il troppo pregare che non le succedesse nulla, avevo un mal di testa feroce, ma fui molto brava a nasconderlo, e la salutai agitando la mano, con il sorriso sulle labbra. Chie-chan è adulta, quindi se avessi esagerato con le mie preoccupazioni l'avrei infastidita.

Ma quando la vidi che scendeva con la scala mobile tirandosi dietro la sua piccola valigia, non potei trattenere le lacrime.

Anche questo momento mi fece capire quanto ero attaccata a Chie-chan.

Dove va questo legame? Nessuno può dirlo. Una vita insicura, instabile, a cui non si può dare un nome. Una vita di cui l'unica cosa che si possa dire è che piace a noi due. Chie-chan lo sapeva già da prima. Che io ero attaccata a lei. Non sapevo se pensasse che era un errore, o se non ci facesse caso perché le andava bene così. Con un'espressione impenetrabile come la sua, perfetta per giocare a poker, capirlo sarebbe stato impossibile.

Io pensai che volevo essere consapevole della mia debolezza. Pensai che, per non entrare nel ruolo di "tutore" di Chie-chan che gli altri mi volevano attribuire, sarei stata attenta a non dimenticare la sensazione di solitudine che provavo, ora che ero rimasta sola.

La casa senza Chie-chan, anche se in origine era così, ora mi sembrava incompleta. Per quanto potessi pulire, non potevo raggiungere la sua perfezione, e non ne avevo nemmeno la voglia. Così la casa sembrò diventare opaca, sfocata. I contorni degli oggetti non si distinguevano più.

L'unica cosa che facevo regolarmente ogni giorno era occuparmi delle piante, perché Chie-chan me l'aveva chiesto con molta serietà. Ma non riuscivo a farlo come lei. C'era sempre qualcosa di diverso. Capivo che col passare dei giorni l'energia delle foglie delle ipomee si andava assottigliando. Nello spazio senza Chie-chan mancava solo la sua silhouette. Ma davvero nessuno poteva sostituirla.

Poiché la zia non chiamava, pensai che fosse meglio fare un salto di persona al negozio. Quando arrivai, la trovai seduta alla cassa, cosa che accadeva di rado.

Con il suo aspetto da gran dama, sembrava una cliente a cui fosse stato chiesto di sedere lì per qualche momento. Era talmente fuori posto alla cassa, che dovetti trattenermi dal ridere.

"Ah, Kaori, senti un po'. Mi hanno portato via la direttrice del negozio. Ho tentato di tutto per convincerla a restare, e il risultato è che si è arrabbiata e se ne è andata ancora prima del previsto" disse la zia.

So già tutto, pensai, ma continuai ad ascoltarla in silenzio.

"Ha accettato l'offerta di un negozio di grandi marche che si trova in un centro commerciale che hanno costruito a Odaiba."

"Davvero? Chissà che differenza di stipendio ci sarà" dissi, fingendo di non sapere niente.

"Pare le diano il doppio di quello che prendeva qui" disse.

"Fantastico, quasi quasi ci vado anch'io" dissi.

La zia scoppiò a ridere e disse:

"Senti, Kaori, fai tu la direttrice per qualche tempo. Ci sarà comunque qualche ragazza part-time e potrai venire all'ora di pranzo e rientrare non troppo tardi la sera. Poi, oltre al pagamento a ore, naturalmente avrai un compenso a parte".

"E quando dovrò andare in Italia per gli acquisti? Come faremo?" chiesi.

"Mi arrangerò io insieme a qualche ragazza part-time" disse la zia.

"Pensi davvero di farcela? Non ti ci vedo per niente alla cassa. Incuti talmente soggezione che la gente non avrà il coraggio di comprare nulla" dissi.

"Ma no, figurati. Siccome molti vengono per incontrare me, prenderò due piccioni con una fava" disse tranquilla la zia, sorseggiando il suo caffè.

Avevo qualche dubbio che "prendere due piccioni con

una fava" fosse proprio l'espressione più adatta per una situazione del genere, ma se per la zia andava bene, anch'io ero d'accordo.

Anzi, era una soluzione più che buona, sia per la zia che doveva essere rimasta un po' ferita dalle dimissioni della Yamada, sia per me che avrei potuto guadagnare qualcosa di più. E poi anche Chie-chan era via, il lavoro non sembrava prevedere orari troppo pesanti, e con la zia c'era sempre una certa elasticità, quindi non avevo obiezioni.

"Con i prossimi acquisti dovremo inventarci qualcosa di nuovo, in modo da aumentare le vendite. Con un'addetta agli acquisti della mia levatura, vedrai che il livello del negozio non si abbasserà" dissi spavalda.

"Le tue parole mi ridanno fiducia" disse la zia, ed ero sicura che lo pensasse davvero.

Non credo ci possano essere dubbi sul fatto che sono io a creare lo stile di questo negozio, scegliendo la giusta fascia di prezzi e le migliori condizioni di trasporto, usando le gambe, le conoscenze personali e il passaparola, e a volte anche con un po' di fortuna. Pensai di nuovo che coloro che si erano accaparrati la Yamada avevano sbagliato i loro calcoli. Se avessero voluto rubare il segreto di questo negozio avrebbero dovuto rivolgersi a me.

Non è che mi stessi montando la testa.

Era un semplice dato di fatto che a creare l'atmosfera intima e particolare di questo negozio fossero stati, nel bene e nel male, il mio gusto e le relazioni sociali della zia.

"E pensare quante volte abbiamo mangiato insieme, passato il tempo con le stesse persone, chiacchierato a non finire... Anche se non si era creato un legame profondo, credevo di avere costruito con lei un rapporto di fiducia. Il denaro... alla fine il denaro è sempre più importante?" disse la zia.

"Non è che semplicemente non si trovava bene con te, zia?" chiesi.

"No, per la verità non mi sembra" mi rispose, di nuovo con quel suo tono tranquillo.

Eppure dentro di me mi domandai se in realtà non si fosse sviluppata fra loro quella particolare forma di competizione che si crea solo fra donne belle.

"Mah, avrà avuto anche i suoi problemi. Ricordo che si era lamentata perché da quando aveva cambiato casa doveva pagare un affitto piuttosto alto" dissi. "E poi è in un'età in cui si ha voglia di lanciarsi in qualche grossa avventura."

"Ma non credo che lì farà qualcosa di molto diverso da qui" disse la zia.

"La differenza intanto fra il numero di clienti che entreranno nel negozio di Odaiba e i nostri" dissi. "Forse è una delle cose che l'hanno attirata."

"Adesso... vorrei affidare la posizione di 'capo', almeno per qualche tempo, e anche se magari è solo una formalità, a una persona di cui mi fido" disse la zia. "Vedi, io penso di essere una persona priva di invidie e gelosie, e anche mio marito dice che questo è il mio lato bello... scusa, non ti voglio annoiare con le nostre tenerezze fra coniugi. Però, il fatto che lei si porti in quel negozio tutta l'esperienza e la clientela che abbiamo acquisito qui in questi anni è una cosa che non mi va giù."

"Sì, hai ragione, ma non ti preoccupare per i clienti. Se vengono qui è perché il negozio è il tuo" dissi.

Non riuscivo a prendere sul serio quel genere di conflitti.

"Non è così, purtroppo. Se in quel negozio, comprando gli articoli in grande quantità, riescono a rivendere a prezzi più bassi, i clienti andranno là" disse la zia.

"Ma no, il target è diverso, sta tranquilla" dissi io. "Di negozi che vendono roba italiana ce n'è una miriade. Piuttosto, siccome sono abbastanza libera, lavorerò al computer per preparare una *direct mail* ben fatta, mi occuperò dell'esposizione degli abiti e del negozio mettendoci tutto il tempo necessario. Non perché siamo parenti, ma perché sono affezionata a questo lavoro. Dopotutto, le cose che ci sono le ho comprate dopo averle accuratamente selezionate ad una ad una.

È una passione anche per me. Per quanto riguarda gli oggetti di vetro, non ne ho comprati molti perché temevo che si sarebbero rotti, ma siccome sembra vadano molto bene, la prossima volta ne comprerò una maggiore quantità, ampliando un po' la scelta. Anche perché ci sono due o tre negozi dove mi trattano bene."

Naturalmente acquistare non è un lavoro facile, quindi sapevo che mi sarebbe potuto succedere ancora di ricevere bruschi rifiuti, di avere seccature, subire corteggiamenti non richiesti. Ma ormai avevo fatto l'abitudine a queste cose, e non passavo più il tempo a piangere in albergo.

"Grazie, Kaori, non sai quanto mi sei di aiuto. È una fortuna che tu ci sia" disse la zia.

Era inutile negare che la situazione creasse dei disagi, ma se uno si arrendeva nei momenti difficili, continuare questo lavoro non aveva più senso, perciò decisi di fare come diceva Chie-chan: seguire la corrente, guadagnandoci anche un po' di soldi in più. Dato che c'erano dei clienti fissi, andando al negozio avrei avuto più occasioni di sentirne il parere, e capire dalle espressioni del loro viso perché certi articoli non si vendessero molto.

L'aspetto positivo di un negozio-salotto come il nostro è che fra i clienti ci sono anche alcuni conoscenti ricchi della zia, che fanno grandi acquisti in una sola volta quando pensano che lei sia in difficoltà.

Io non sono particolarmente brava né a realizzare grandi incassi né a lanciare mode, in compenso riesco sempre a mantenere alto il livello del negozio.

La Yamada era una persona socievole che amava stare in mezzo alla gente. Quindi forse desiderava andare in un posto in cui poteva avere contatto con molte più persone della sua generazione. Mentre guardavo con un po' di emozione le sue penne e le sue carte, allineate in perfetto ordine, pensai: Probabilmente non la vedrò più. Una persona che fino a poco fa incontravo quasi ogni giorno. Quante volte avremo guardato insieme, distrattamente, la stessa strada davanti al negozio, le foglie dell'albero di iucca subito fuori all'ingresso, a volte annoiate, a volte in preda alla fretta. E ora non sarebbe tornata più. La vita era un susseguirsi di cose come queste. Non avrei più rivisto quel suo bel profilo, quel viso sempre truccato alla perfezione.

Tuttavia, riguardo al vuoto che la nostra direttrice aveva lasciato dietro di sé, a essere totalmente franca, provavo già una certa indifferenza. Ancora una volta pensai: Sono poche le persone che diventano parte della nostra famiglia...

Come mai io vivevo con Chie-chan? Come mai fra un numero di persone infinito come le stelle, mi era capitato di incontrare proprio quella giusta per me? Avevo paura a pensarci.

Ancora adesso, se solo penso a cosa sarebbe accaduto se quel giorno al funerale, magari perché ero stanca, o troppo attaccata alla mia vita da single, o resa nervosa dalla mancanza di sonno, avessi trovato Chie-chan antipatica e mi fossi lasciata sfuggire quell'opportunità, mi batte forte il cuore.

Perché so che sarebbe potuto benissimo accadere.

Vorrei ringraziare me stessa di non avere commesso quell'errore, anche se solo per un pelo.

Quella sera andammo a cena a Aoyama, in un ristorante italiano scelto da lui.

Era un locale di lusso dove non sarei potuta andare se non invitata da qualcuno. Lui si presentò vestito in modo molto elegante, completamente diverso dallo stile informale del viaggio in aereo. Una giacca di lino dal tessuto leggerissimo e dei pantaloni di un bel taglio. La camicia, perfettamente stirata, era di un raffinato rosa pallido. Io che non mi lascio particolarmente colpire da queste cose, trovai comunque che avesse l'allure di un uomo di mondo.

Mi disse che la sua famiglia gestiva una piccola impresa di

importazioni che aveva rapporti con l'Italia, e la mia impressione era che, senza essere un miliardario, dovesse essere uno che non aveva mai avuto problemi economici. Mi raccontò che erano in affari con una famiglia nobile, proprietaria di terre da cui si produceva un famoso olio d'oliva, e poiché intrattenevano con loro rapporti molto stretti sin dai tempi di suo nonno, col tempo i loro affari si erano sviluppati in varie attività.

"Ti consiglio di esporre il nostro olio nel vostro negozio" disse.

"Ma noi trattiamo solo capi di vestiario, borse e accessori. L'olio ce lo vedrei poco" obiettai.

Si chiacchierava con piacere.

Siccome fra i nostri lavori c'erano alcuni punti in comune, gli argomenti non mancavano e la conversazione procedeva spedita.

Quella sensazione di calore e di piacevolezza accompagnò la cena. Più che parlando, la avvertivo soprattutto nei momenti in cui ci portavano i piatti e restavamo per un po' in silenzio.

In quelle pause di silenzio, non sentivo una tensione sessuale, ma non posso dire nemmeno che mancasse una certa emozione. Mi sembrava che fossimo come una coppia di bambini delle elementari al primo amore, che passeggiano fianco a fianco lungo la strada, e anche se non si toccano, camminano allo stesso passo, in completa armonia. I cuori che combaciano in modo così perfetto da non lasciare nemmeno il più piccolo spiraglio.

"Potrò rivederti?" chiese Shinoda.

"Non hai paura di una donna single della mia età?" chiesi a mia volta. "Ho superato la fase 'cane bastonato' e sono passata a quella 'cane randagio'."

Lui scoppiò in una risata.

"Anch'io ne ho abbastanza del matrimonio. Ho già sbagliato una volta" disse. "Ma questo non ha importanza. Volevo assolutamente incontrarti ancora una volta. Ci sono riuscito e mi basta il fatto di vederti, signorina Morisawa. Mi accontento di questo. Già solo guardarti è un piacere."

Sentivo che non era una bugia. E nemmeno un gioco. Probabilmente sentiva la stessa cosa che provavo io.

Ma siccome mi parlava così seriamente, cominciai a pensare che era il caso di spiegargli. Se il rapporto si fosse limitato ad andare qualche volta a cena, e ogni tanto a letto, magari non sarebbe stato necessario.

"Ecco..." Sentii di aver fatto rumore ingoiando la saliva.

Guardai il bicchiere di vino che avevo davanti. Eravamo passati al rosso e la fine della cena si avvicinava. Dopo il secondo, ci sarebbe stato solo il dessert. Se il mio discorso avesse provocato un disastro, non ci sarebbe stato nemmeno il tempo di bere per dimenticare. Ma provavo una sensazione avvolgente, e tutto, dalle luci soffuse alle posate scintillanti, sembrava in armonia. Il mondo davanti ai miei occhi era silenziosamente bello.

"Te l'ho già accennato l'altro giorno al telefono, ma è come se io fossi una madre con figli. Vivo con una persona di cui sarò responsabile per sempre, una donna, non più giovanissima."

L'espressione del suo viso era di chi non ha capito nulla.

Allora cominciai a parlargli di Chie-chan. Era la prima volta che tentavo di spiegarlo davvero a qualcuno.

"Hmm, è una storia veramente insolita" disse, dopo essere rimasto per alcuni istanti assorto nei propri pensieri.

"Quindi, se una situazione del genere ti dà fastidio, penso sarebbe meglio non vedersi più. Io a questa vita tengo molto" dissi.

Pensando, in una piccola parte di me: Accidenti a Chie-chan!

"Sinceramente, non è una cosa che mi renda felice" disse con tono calmo.

È onesto, pensai. Poi ripresi:

"Io non voglio dare l'idea che Chie-chan sia per me un peso. Se non fosse venuta a vivere a casa mia, dovunque fosse andata, pur ambientandosi, prima o poi sarebbe stata considerata così. Se io le facessi sentire questo, mi comporterei come le persone dalle quali l'ho voluta proteggere. Chie-chan è una persona molto sensibile. Farla sentire di peso è l'ultima cosa che vorrei. La mia intenzione è occuparmi di lei anche nella vecchiaia. Vorrei che questo ti fosse chiaro. È una scelta su cui non tornerò indietro. Credo che sia esattamente come se avessi dei figli".

"Con la differenza che i figli a un certo punto diventano indipendenti" disse con un tono leggermente sarcastico.

Non mi fece arrabbiare, mi diede solo un po' di tristezza.

"Però capisco" disse. "Poiché è una decisione tua, mi piace. Mi piace persino la tua ingenuità."

"Guarda che io ricevo anche dei soldi! Non mi ritengo ingenua per niente" protestai.

"No, tu non vivresti con una persona che non ami, anche se ti dessero dei soldi, no? Sono semplicemente geloso. Geloso di Chie-chan perché a causa sua tu non potrai mai essere soltanto mia per tutta la vita" disse lui.

"Io non potrei comunque essere di qualcuno per tutta la vita" dissi ridendo. "Se volessi appartenere a qualcuno, non vivrei con Chie-chan."

"Non mi importa niente di tutto quello che c'è intorno, perché io vedo solo te. Davvero. Non sarà gentile nei confronti degli altri, ma l'unica che mi importa sei tu" disse lui.

"Era tanto tempo che non sentivo qualcuno parlare così sinceramente, è stato come una ventata di freschezza" dissi.

Lui si mise a ridere.

"Adesso sono un po' fuori di testa, perché sono teso, e sono teso perché sto con te. Ma c'è una cosa che mi dà un po' di tranquillità, il fatto che quando parli così tutta seria sembri una bambina, e questo lo trovo molto carino, e mi fa sentire meglio."

"Che sfacciato" dissi ridendo anch'io. Poi provai a fargli

una domanda: "Chie-chan ha alcuni lati un po' strani, ma è una persona normale. Perché tutti pensano che la nostra situazione non sia sana, e vorrebbero risanarla? Anche tu pensi che ci sia qualcosa di ostinato in me?".

"No, io non sto tentando, come tutti gli altri, di importi arbitrariamente un modello di vita" disse con decisione Shinoda.

"Allora, cosa c'è?" chiesi.

"Niente, sono semplicemente geloso. Se non ci fosse questo ostacolo, potrei monopolizzarti completamente, Kaori" disse Shinoda.

"Sei uno che va per le spicce" dissi io sorpresa.

"Non è una ragione per piangere" disse Shinoda.

"Non sto mica piangendo" dissi.

"Avevi la faccia di chi sta per piangere" disse lui.

Nello spazio di pochi giorni, due persone che mi piacciono si sono preoccupate che io piangessi, pensai un po' commossa. La loro premura mi riempiva il cuore. Era un vero dono, anche se non aveva una forma concreta, e riceverlo era bellissimo.

Cenare insieme a un uomo che ti piace o passare la notte con lui in albergo sono situazioni molto piacevoli. Bere qualcosa di buono, guardare uno splendido panorama notturno sono cose di cui nella vita si ha bisogno.

Però tutto dipende da chi è l'altra persona. Pensai che con Shinoda avrei potuto passare momenti deliziosi parlando di qualsiasi cosa.

"Soffro di claustrofobia, e per questo non posso andare nemmeno nei love hotel, ci sono stato solo una volta ma non c'erano finestre e io sono entrato in agitazione e non sono riuscito a fare niente" disse Shinoda a un certo punto. Forse mentre stavamo parlando del fatto che l'ascensore per salire sul Duomo di Milano fa paura.

Deve avere avuto una vita abbastanza intensa, pensai.

Siccome pure la mia lo era stata, eravamo in sintonia. Era

bello conoscersi un poco alla volta, anche se con i miei tempi saremmo diventati davvero intimi solamente in tarda età.

Io non riesco a tenere il passo con la velocità. Una volta, quando lavoravo in un'agenzia di collocamento, vidi tante persone che, dopo aver trovato un lavoro, si licenziavano anche prima dello scadere dell'anno, e mi resi conto di non poter seguire dei ritmi per me così vertiginosi. Le loro teste ragionavano talmente in fretta da essere sempre proiettate verso il futuro. Non sto facendo dell'ironia, penso davvero che fossero bravissimi. Solo che per me sarebbe stato impossibile.

"Quando si mangia qualcosa di buono con una persona che ti piace, con cui ti senti a tuo agio, anche se ci si è appena conosciuti, si gusta ancora di più, non pensi? In questo momento io sono felice" dissi.

"Sono d'accordo" disse Shinoda. Poi, dopo una breve pausa, aggiunse: "A proposito, tornando al discorso di prima, io vorrei averti sempre tutta per me, monopolizzarti. Forse perché mia madre è morta troppo presto, o perché sono fatto male, ma vorrei una donna che si occupasse solo di me, ascoltasse solo i miei discorsi. Se posso dire quello che penso".

"Questo non mi piace" risposi.

"Certo, non avevo dubbi. Però quello che desidera veramente un uomo è proprio questo, credo. Il problema è solo se lo dichiara apertamente o no" disse.

"Immagino di sì. Anche a me piacerebbe avere un uomo che mi lascia totalmente libera e nello stesso tempo mi coccola come potrebbe fare un papà" dissi io. "Però un uomo così non esiste."

"Infatti. Non esiste. Di papà ce n'è uno solo, e basta quello. Anche tu, Kaori, non sei mia mamma che è morta. Guardiamo la realtà. Qui ci sono solo due persone adulte che si sentono tristi" disse lui ridendo.

Ebbi la sensazione che ci intendessimo bene.

Inoltre tutti e due, in un periodo non molto felice delle nostre vite, ci eravamo dedicati a troppi divertimenti stupidi che ci avevano profondamente intristito, e per questo ci sentivamo un po' vecchi.

Non essendo ancora abituati a stare insieme, ci succedeva, per la ragione più insignificante, che i nostri cuori si sfiorassero. Allora si ricreava quella sensazione di armonia provata in aereo.

Shinoda, Chie-chan e io avevamo in comune il fatto di conservare alcuni aspetti infantili.

"Se Chie-chan mi annunciasse che vuole vivere a Brisbane, che tu lo desideri o meno, io riprenderò a vivere da sola. Quello che voglio è che Chie-chan sia felice."

Nel momento in cui pronunciai le parole "voglio che Chie-chan sia felice", le vidi sbocciare davanti ai miei occhi come fiori bianchi e luminosi sospesi nell'aria.

"Se questo accadesse, in tutta sincerità, il più felice sarei io. Scusa l'egoismo. Forse è perché ancora non vi conosco bene tutt'e due" disse Shinoda.

Capii che parlava seriamente dall'espressione del suo viso, le sopracciglia corrugate e le labbra piegate in un'espressione imbronciata.

Andare a letto sarebbe stato talmente facile che forse era meglio, fino al momento in cui fosse arrivato qualcosa di più bello ancora di quel bacio, godersi quel clima di amicizia.

Perché sarebbe stato davvero facile!

Shinoda si era sposato quando era ancora studente. Lui e la moglie non avevano avuto figli, e da quando si erano separati lui viveva in un appartamento sopra il suo ufficio, quindi era completamente libero, e io stessa non ero vincolata da nessuno. Chie-chan era partita, ma anche se ci fosse stata, nel caso le avessi detto "Esco con un amico" si sarebbe limitata ad annuire e a mettermi da parte la zuppa di *miso*.

Se l'avessi fatto, il giorno dopo i lavori di casa sarebbero raddoppiati, ma siccome mettermi a pensare ai dettagli pratici era deprimente, era meglio non pensarci. Me ne sarei preoccupata l'indomani.

In quel caso, dopo aver mangiato, bevuto qualche bicchiere ed essere entrati in un clima un po' erotico, avremmo detto: "Andiamo?" e a quel punto prendere una stanza in un love hotel o in un normale albergo sarebbe stata la cosa più ovvia. Ma questa ovvietà mi era diventata insopportabilmente noiosa. Che provassi a esasperare il suo desiderio o ad accentuare il mio, più mi sforzavo di inventare qualcosa, più cresceva il senso di vuoto. Io non cercavo emozione o spiritualità, e nemmeno il matrimonio.

Volevo semplicemente fare, con quella persona, quello che potevo fare solo con lei.

Shinoda era un uomo talmente strano che ancora non avevo capito quali erano le cose che potevo fare solo con lui. Oppure, poteva anche darsi che si fossero già esaurite. Perché quel bacio era stato troppo bello.

L'amore a prima vista, per quanto le persone coinvolte vogliano vederlo come qualcosa di misterioso, ho sempre pensato si potesse spiegare con concetti tipo: "il viso somiglia a quello di una persona di famiglia", "l'estrazione sociale, la posizione, lo stile di vita sono simili, oppure sono opposti", "la persona ha un odore che piace", "si avverte un'affinità fisica" eccetera. Ma la strana nostalgia che mi suscitava Shinoda era diversa dall'amore a prima vista.

Quando ero piccola, un giorno andai al mare insieme alla mia famiglia, mi stesi su un telo di plastica per fare un sonnellino, ma caddi in un sonno profondo e quando mi svegliai per un momento non capii dove mi trovavo. Aprii gli occhi, ebbi l'impressione di essere stesa su una superficie irregolare, il costume era ancora un po' bagnato, ma al disagio dell'umidità si mescolava anche una sensazione di freschezza. Davanti a me si spalancava il cielo, azzurro con poche nuvole. Poi, girando leggermente la testa, vidi i miei genitori e mio fratello che sembravano divertirsi sulla spiaggia. Tutti e tre splendevano nella luce: era una vista veramente bella. Li amavo molto e vederli così allegri mi rese felice. Il suono delle onde, le voci degli uccelli di mare, il soffio del vento. Rimasi in silenzio.

Non volevo rompere l'incantesimo.

Se li chiamo, se si accorgono che mi sono svegliata, questa scena svanirà, pensai.

La sensazione che avevo provato nell'aria secca e calda dell'aeroplano era esattamente la stessa.

Quando passò il carrello con i dessert, ognuno scelse il suo, mangiammo in silenzio e bevemmo il caffè. Al momento di separarci, dividemmo quella sensazione di rimpianto.

Come quando hai sete e ti servono dell'acqua fresca e deliziosa in un bicchiere trasparente. Dopo averla guardata per un po', la bevi senza neanche pensarci, e quando hai finito posi il bicchiere. La sete si è calmata. Tutto qui. Così era stato quel bacio.

Mentre mi accompagnava in taxi, fino a quando mi lasciò davanti a casa mia, mi tenne per tutto il tempo la mano stretta nella sua. Senza spingersi oltre. Solo il calore della sua mano.

Quella sensazione così vicina all'amore mi fece quasi piangere.

Sapevo bene che il sesso di una sola notte mi era venuto a noia e ricordavo quanto in passato mi avesse ferito.

Ma con quest'uomo, così strano e particolare, non avevo nemmeno la sensazione che il rapporto potesse durare a lungo. Forse con lui sarebbe rimasta per sempre una storia di "soltanto adesso". Senza domani. È un uomo così, pensai.

Senza Chie-chan, l'appartamento aveva in parte riacquistato i miei colori.

In genere, in casa la presenza di Chie-chan si sentiva più della mia, perché di solito io esco per andare al lavoro e quando viaggio posso assentarmi anche per un mese, e perché Chie-chan ha un'energia molto più forte.

Ma ora che ero sola, la mia atmosfera languida e trasandata cominciava a diffondersi per le stanze in modo impercettibile. C'era però in questo qualcosa di confortevole.

Vivevo normalmente, come se non fosse successo niente di particolare.

Come se non mancasse nulla.

Era come quando i miei genitori si erano trasferiti in Malesia. Non mi ero sentita ferita. Certo, non erano più in Giappone, ma ci saremmo visti ancora. L'unica differenza era che il tempo scorreva un po' più lento e un po' più triste. Anche se avevo la sensazione che qualcosa si fosse sciupato, in fondo i posti che potevo visitare nel mondo erano aumentati, e così la tristezza pian piano si allontanava, e cominciava una nuova vita.

Però mi bastava essere in casa, e subito il senso di vuoto che avvertivo sempre in quei momenti sprigionava il suo lieve profumo.

Pensavo: Adesso non sto affrontando nessun rischio che potrebbe essermi fatale, e salvo imprevisti la morte mi appare abbastanza lontana. Mi sento piuttosto tranquilla. Però mi sorge un dubbio: E se tutte le cose che ho fatto finora, tutte le cose che si fanno nel corso di una vita, fossero solo uno sforzo inutile?

Che cosa erano stati tutti quei giorni in cui avevo tagliato la frangetta di Chie-chan, o bevuto la sua zuppa di *miso*? Avevo solo accumulato il tempo e i ricordi necessari per dividerci? Il nostro incontro era stato solo un episodio isolato che non era legato a nulla? Avrei pensato la stessa cosa ogni volta che mi fosse successo di perdere qualcosa? Non avrei avuto paura pensando a cosa sparisce e a cosa rimane? Qualcosa che dentro di me era teso grazie al fatto di vivere con Chie-chan si spezzerà improvvisamente, e verranno i giorni in cui resterò a dormire fino a sera, non avendo voglia di fare niente? Non precipiterò giù, in un pozzo senza fondo?

L'ansia, come una ragnatela, mi avvolse il viso soffocandomi, e non riuscivo a liberarmene.

La telefonata di Chie-chan arrivò che erano circa le due di notte.
Alzai la cornetta, si sentiva solo una specie di pianto sommesso. All'inizio pensai che fosse uno scherzo, poi che potesse essere la Yamada, la direttrice del negozio.
Era successo in passato che, quando aveva rotto con il suo uomo, mi avesse telefonato alcune volte di notte.
Poi però realizzai che se fosse stata lei mi avrebbe chiamato al cellulare.
Fuori pioveva silenziosamente, una pioggia leggera tipica di quelle notti di fine estate.
Le gocce scivolavano lungo i vetri come lacrime.
La stanza era buia, ma dovevo essermi addormentata di colpo mentre leggevo, perché c'era ancora una birra a metà sul comodino e la lampada pieghevole, rimasta accesa, puntata sul libro che stavo leggendo.
Essendo stata svegliata così bruscamente, non avevo ancora ripreso controllo sulla realtà, e strofinandomi gli occhi avevo pensato di andare a vedere se Chie-chan, nell'altra stanza, fosse ancora sveglia. Ci vollero diversi secondi prima di ricordarmi che Chie-chan non c'era e che io stavo rispondendo al telefono.
Poi mi accorsi che il pianto all'altro capo del telefono si era trasformato in singhiozzi che sembravano avere lo stesso ritmo della pioggia. Era una voce di donna.
"Chie-chan?" chiesi.
Il cuore fu più rapido del pensiero.
"Chie-chan, sei tu? Che cosa c'è? È successo qualcosa? Qualcosa di brutto?"
La mia voce roca era identica a quella di mia madre quando è agitata.

"Povera Chie-chan, ritorna, ritorna subito a casa" dissi.
Chie-chan continuò a piangere, ma tentò di dire qualcosa. Io mi sforzai di decifrare il suo balbettio.
"Vorrei tornare ma..." disse fra un singhiozzo e l'altro.
"Bene, allora torna. Ti aspetto, torna anche domani se vuoi" dissi.
Finalmente mi ero svegliata del tutto. Anche le piante di Chie-chan, mentre guardavo la pioggia, sembravano in qualche modo tristi. Poiché Chie-chan si sforzava di calmarsi per parlare, aspettai.
Non riuscivo a immaginare cosa potesse essere successo. L'unica cosa che mi veniva in mente era che, siccome là era il paradiso della droga, potesse avere fumato qualcosa che le aveva provocato uno stato di eccitazione nervosa.
"Kaori, c'è una cosa che non sono mai riuscita a dirti" disse Chie-chan con voce bassa, nasale, ma in modo chiaramente comprensibile.
"Che cosa?" chiesi.
"Dopo essere venuta qui, ho capito che non c'era più niente che mi interessava nel lavoro agricolo. Ma ci sono comunque tante cose da fare ogni giorno. Dare una mano, cuocere il pane, insegnare il giapponese, da fare ce n'è. Potrei anche rimanere qui per sempre" disse Chie-chan.
"Se così fosse, non cercherei di fermarti. Ma sarebbe meglio che tornassi almeno una volta. Perché piangi?" chiesi.
"Penso di dover restare qui" disse Chie-chan.
"Chie-chan, non è che ti hanno fatto il lavaggio del cervello? Io voglio vivere con te. Anche se non ci fossero più i soldi, vorrei vivere con te lo stesso, magari facendo qualche piccolo sacrificio" dissi.
"Kaori, io ti ho ingannato, e questo fatto mi sta pesando sempre di più" disse Chie-chan. "Io, io non sono niente. Non sono niente per te."
Non capii nulla di cosa volesse dire. "Chie-chan, non è che hai fumato la marijuana o ti sei ingoiata qualche fungo e

adesso stai delirando? Sei la figlia della sorella di mia madre, quindi come puoi dire che non sei niente?"

"Ti sbagli" disse lei con voce spenta, rassegnata. "Mia madre, per i soldi, ha ingannato tutti."

"Cosa?!" Chie-chan aveva smesso di piangere.

"Allora, sai che mia madre si era separata dall'uomo che aveva comprato la casa da cui provengono i soldi che tu ricevi ogni mese, no?"

"Sì."

Perfino in un momento come questo, il fatto che Chie-chan parlasse con me così a lungo mi rendeva felice. Perché il rumore tranquillo della pioggia e la voce di Chie-chan creavano un'armonia bella, che era come una musica. Quella specie di musica era uguale a quella che scorre sempre quando sono insieme a Chie-chan, ed era molto nostalgica e piacevole.

"Mia madre era rimasta incinta ma aveva perso il bambino. Proprio nello stesso periodo, per uno strano caso c'era nella comunità una donna giapponese che, dopo essere stata violentata da uno sconosciuto, anche lui giapponese, era rimasta incinta. La donna portò a termine la gravidanza ma quando nacque la bambina non riuscì ad accettarla, ebbe una forte depressione, e alla fine si uccise. Mia madre prese allora la bambina e decise di allevarla come sua figlia. Quella bambina sono io" disse Chie-chan.

Ero talmente stupefatta che non riuscivo ad articolare i pensieri. Poi finalmente riuscii a dire:

"Com'è possibile una cosa del genere? Ma è un posto senza legge?".

"Certo che è un posto senza legge. Qui non mettono nemmeno il reggiseno" disse Chie-chan.

"Come puoi uscirtene proprio adesso con una cosa così comica?" dissi, scoppiando in una tale risata che mi vennero le lacrime agli occhi.

Quando mi fui calmata, Chie-chan riprese con tono calmo:

"Vivendo lì, arrivo a dimenticarmene completamente, dimentico persino che la mamma mi impose di non parlarne mai con nessuno. Ma venendo qui mi tornano in mente tante cose, e non posso fare a meno di pensarci".

Un'estranea, una completa estranea... nessuno, la figlia di due sconosciuti.

Queste parole mi schiacciarono con il loro peso. Insieme alla fatica fatta finora, la gioia, la stupidità mia e di mia madre che non eravamo mai state sfiorate da un dubbio, tutte queste cose e tante altre ancora.

Poi pensai che almeno su quel politico la mia intuizione aveva visto giusto: non aveva niente a che vedere con Chie-chan. Almeno questo mi fece sentire sollevata. Perché avevo creduto nella mia intuizione. Oggi probabilmente lui non si ricordava nemmeno più di quell'appartamento offerto come risarcimento a un'amante del passato.

A un certo punto mi accorsi che stavo parlando. Con una voce normalissima. Ancora una volta il cuore aveva preceduto la mente.

"Non importa. Torna a casa. Almeno una volta" dissi.

"Ci penserò" rispose lei debolmente.

"Chie-chan, io ti voglio bene. Tu sei la mia famiglia. Ho voglia di vedere la tua faccia. Questo non è sufficiente?" dissi.

Fui travolta da una specie di violento desiderio di possesso, una forza simile a una tempesta venuta fuori da una oscurità buia.

"Ti aspetto, torna più presto che puoi. Tutte queste cose non c'entrano niente con la nostra vita. Se c'è qualcosa che ci sostiene, è solo il legame che esiste fra noi. Ti aspetto."

Sentii Chie-chan inspirare profondamente, quindi riagganciò.

Poi rimase solo il rumore della pioggia.

Come una persona che ha perduto tutto, mi infilai silenziosamente nel *futon*. Spensi subito la luce. Nell'oscurità, chiusi gli occhi. Volevo dimenticare quella verità che si insinuava nelle orecchie e in fondo al cervello insieme al rumore della pioggia.

Quando mi svegliai la mattina dopo, aveva smesso di piovere e la luce era abbagliante.
Ah, è così dunque, Chie-chan non era una mia parente. La zia aveva ingannato tutti per tanto tempo. In fondo, era in linea con il suo personaggio: era una che per una giusta causa se ne infischiava delle regole sociali... pensai vagamente dopo aver aperto gli occhi.
La zia ha fatto una cosa giusta.
Mi stupivo io stessa della mia reazione: non mi aveva nemmeno sfiorato il pensiero di essere stata tradita o che si fosse trattato di qualcosa di orribile. Forse era perché, chiunque fosse Chie-chan, non avrei mai potuto odiarla.
Il fatto che io viva con un'estranea con cui vado d'accordo, godendo della protezione della legge, da certi punti di vista può essere contorto, ma che la zia e quell'uomo avessero fatto un bambino insieme era vero, e il fatto che la zia, quando aveva appena abortito, si sia trovata davanti una neonata in difficoltà è stato un caso del destino. Certo, se chi ha pagato i soldi sapesse, giudicherebbe questa bugia orribile, ma dopotutto è orribile anche pensare, se la tua amante rimane incinta, di liquidare la faccenda con dei soldi, e quindi, tutto sommato, che c'è di male? Mi convinsi così. Anche perché era molto improbabile che a qualcuno venisse in mente di chiedere l'esame del Dna. E poi la zia era stata cremata e rimaneva solo qualche frammento d'ossa. Nessuno l'avrebbe saputo.
Solo che era stato in qualche modo uno shock.
Era stato uno shock il fatto che per questa ragione Chie-chan avesse sofferto così a lungo. Che fosse stata in questa casa tenendosi tutto dentro, senza parlarne.
E mi rattristava anche che non avesse detto subito: "Vorrei tornare, vorrei continuare a vivere con te". Anche se potevo capire le sue difficoltà, ne ero rattristata.

Quanto sarebbe stato meglio se mi avesse detto tutto sin dall'inizio! Quanto gli sforzi di ogni giorno sarebbero stati ricompensati! Pensavo che lo stoicismo di Chie-chan, che in qualche modo non si scioglieva, fosse causato dal fatto di avermi scelto e di essersi imposta a me, ma non era solo questo. Covavo un po' di risentimento e di rabbia per tutto ciò, e senza capire perché mi sentivo avvilita.
...Ma no, non era questo.
Giunta a questo punto, improvvisamente qualcosa accese una spia d'allarme dentro di me.
Provai a scavare più profondamente nella sensazione di quel momento.
C'è qualcosa che brilla. C'è qualcosa, più in fondo, mi diceva.
Chiusi gli occhi, e mi immersi ancora più giù, sotto quella specie di nuvola creata dal mio vago senso di insoddisfazione. La cosa che più mi attirava non era quella. In superficie le mie emozioni egoistiche fluttuavano in cerchio come nuvole nere. Era troppo riservata nei miei confronti, non si affidava abbastanza a me... pensieri del genere.
Ma in uno strato ancora più profondo si nascondeva qualcosa di più triste.
Era il fatto che Chie-chan fosse stata una bambina non voluta da nessuno.
Chie-chan, che per me era così importante, la cui sola presenza mi faceva sentire baciata dalla fortuna, era stata trattata dai suoi veri genitori nel modo più irresponsabile. Avevano pensato solo a se stessi. Pensai che se mi fossi trovata a concepire un bambino in una situazione del genere, probabilmente avrei abortito. Ma certo non sarei sparita dopo averlo fatto nascere. Non so immaginare nulla di più triste che subire una cosa del genere dai propri genitori. Pensai addirittura che avrei voluto essere io a mettere al mondo Chie-chan. Chie-chan non aveva avuto i genitori ma per fortuna aveva avuto me, che le volevo bene oltre ogni limite. E anche se

adesso non c'era più, aveva avuto la zia, così incondizionatamente aperta verso il mondo.

Rividi nella mia mente le immagini della vita di Chie-chan che io conosco, della sua vita con me.

La sua figura di spalle mentre dà l'acqua alle piante o fa le pulizie. I suoi gesti precisi quando si cambia. Poi, con una stretta al cuore, pensai: Chie-chan odia se stessa? Non si ama?, ma la risposta fu no.

Attraverso un lungo, lunghissimo percorso, aveva affermato chiaramente la sua appartenenza al mondo. Su questo non avevo dubbi. Altrimenti non avrebbe potuto avere quelle pupille come diamanti.

Provai a immaginare quanto lungo e solitario fosse stato il suo cammino.

Chie-chan aveva attraversato, un passo alla volta, un'infanzia in cui era stata amata solo da estranei. L'unica spiegazione è che fosse riuscita a superare ciò grazie alla propria volontà. E fra le poche persone amiche aveva scelto me. Non poteva esistere cosa più grande. La sua eccessiva riservatezza, la mia reazione imbronciata, di fronte a questo diventavano cose da nulla.

Il mio rancore fu automaticamente risucchiato nel vortice di questi pensieri e sparì.

Mi sentii sollevata: ancora un piccolo passo e, cedendo alla forza delle emozioni, avrei potuto sbagliare, ma ero arrivata in tempo a capire.

Vivere è come combattere ogni giorno con una spada affilata, una sfida eccitante.

Basta fare un errore e può accadere un disastro.

Io non credo di essere fuori strada, ed è questa la cosa più importante: tale fu la mia conclusione. Feci un sospiro e scrollai la testa.

Non avevo nessuna voglia di uscire dal *futon*, ma la vita di tutti i giorni doveva riprendere.

Mi alzai svogliatamente e cominciai la mia giornata nella casa senza Chie-chan. Misi a bollire l'acqua, preparai il tè, mi lavai la faccia, innaffiai le piante, iniziai a muovermi nel mondo che era solo mio. Sembrava che quell'altra vita non fosse mai esistita, che fosse stata un'illusione.

Forse Chie-chan non tornerà più, pensai.

Forse non avrà il coraggio di tornare, a causa di ciò che mi ha detto.

Però, io continuerò a pensare che alla fine tornerà, mi dissi. Mentre mi infilavo le calze, vidi la polvere danzare nella luce mattutina. E guardandola un po' incantata, mi misi a pensare...

L'unica differenza fra me e Chie-chan è che io vivo nel mondo.

Ma vivere nel mondo cosa vuol dire? Vuol dire incontrare anche persone a cui non importa niente di te. Quando sono al negozio, il più delle volte sono all'ombra della zia, e quando vado in Italia sono solo uno dei tanti anonimi viaggiatori. Se venissi uccisa, o abbandonata da qualche parte, nessuno se ne accorgerebbe.

Quando sei consapevole di questo, non ti senti triste nemmeno quando sai che non rivedrai più qualcuno, come mi è capitato con la Yamada. Anche se pensavo a lei ogni tanto, ricordando che era una brava persona, non ne soffrivo, e quando qualcuno avesse preso il suo posto, non credo avrei fatto paragoni. E se l'avessi incontrata per caso in giro, per esempio a qualche sfilata, magari ci saremmo salutate con gioia e nostalgia, avremmo cenato insieme e chiacchierato, ma io non avrei fatto nulla per trattenerla.

È così che vanno le cose. Per qualche tempo mi sarei ricordata ogni tanto del fatto che Chie-chan e io non avevamo nessun legame di parentela, ma poi, presa dal flusso della quotidianità, l'avrei dimenticato. La forza di quello che ti accade ogni giorno è così trascinante che, entrando in quella corrente, ci si abitua a tutto.

Mettiamo ad esempio che mia zia all'improvviso impazzisca e si metta a organizzare delle orge nel negozio una volta alla settimana. Se mi desse delle motivazioni adeguate, certo mi asterrei dal partecipare, ma potrei anche continuare a lavorare per lei come compratrice. Perché non c'è niente a cui l'essere umano non si abitui.

Ora che ho scoperto questa storia, non andrò certo a riferirla all'avvocato, pretendendo di mettere le cose a posto. Non servirebbe a rendere felice nessuno. Sono però contenta di averla saputa, così Chie-chan non dovrà più sopportare questo peso da sola.

Penso che non dirò nemmeno a mia madre che Chie-chan non ha rapporti di parentela con noi. In fondo Chie-chan è sempre la stessa, e niente è cambiato.

Però, pensai con una stretta al cuore, lei, che è la persona più coinvolta, non riuscirà a ragionare con questo distacco.

E così quel giorno fu il giorno del chiarimento e del dono.

Pensai che se stamattina i miei dubbi non si fossero dissolti, forse l'andamento della giornata sarebbe stato completamente diverso.

Per esempio, se quel giorno al funerale avessi risposto, come faccio di solito:

"Lasciami pensare un po'" oppure:

"Mi sembra un po' difficile: sono troppo abituata a vivere da sola", qualcosa dentro Chie-chan si sarebbe rotto, e probabilmente per riparare a quel danno ci sarebbero voluti anni. Se avessi sbagliato a seguire la giusta direzione della corrente, non credo che avrei potuto ottenere questa vita felice con tanta facilità. La situazione era identica.

Dopo aver sentito la storia delle circostanze in cui Chie-chan era nata, la mia mente l'aveva elaborata in fretta, e accettata.

Si era trattato di un processo importante, decisivo per creare quella giornata.

Le persone creano i loro giorni con le proprie mani, compiendo grandi sforzi, e la vita scorre come un torrente impetuoso da cui si cerca di tirar fuori qualcosa e dove si prova a seguire la corrente. Quello fu un giorno molto speciale, in cui capii con spaventosa chiarezza la sua forza trascinante.

Avevo aperto il negozio e stavo facendo un po' di pulizie, quando senza preavviso arrivò mio fratello. Fui colta di sorpresa.

"Ehi, cosa ci fai qui?" dissi. "La mamma è tornata in Malesia già da un pezzo."

"Passavo da queste parti, così ho pensato di venire a vedere come stai" disse lui.

Mio fratello era talmente abbronzato da non sembrare quasi più giapponese. E poi appariva diverso, più rilassato. Siccome era lo stesso tipo di distensione che avevo notato in mia madre, pensai che dovesse essere l'effetto di non vivere a lungo in Giappone.

"Grazie, sto bene. Spero che tu sia venuto anche a comprare qualcosa. Magari un regalino per Michiko. O per Yumi?"

Sono rispettivamente mia cognata e mia nipote.

"Trovami tu qualcosa di carino" disse.

"Va bene, ti scelgo qualcosa che costi poco" dissi.

Trovai un oggettino in vetro di Murano e un fazzoletto ricamato, scegliendo fra le cose meno care, e feci due pacchetti.

"Devi dirmi qualcosa?" chiesi guardandolo.

Sorridendo, rispose:

"No, niente di particolare. Solo avevo pensato: fra un po' dovreste chiudere per le vacanze estive, no? Perché non andiamo insieme in Malesia? Magari potrebbe venire anche Chie-chan. Una volta ogni tanto sarebbe carino andare tutti a trovarli".

Mio fratello all'inizio si era mostrato ostile nei confronti di Chie-chan, allora non avrebbe mai detto una cosa del genere. Ne è passato di tempo... pensai.

"Siccome adesso dirigo il negozio, devo ancora studiare la situazione per capire quanta libertà avrò. Ma spero di poter venire anche da sola. Chie-chan non viaggia molto, ma proverò a dirglielo" dissi.

Il pensiero che sarei andata da sola perché Chie-chan non ci sarebbe stata più per un attimo aveva oscurato l'orizzonte, ma avevo risposto sforzandomi di entrare in un clima più gioioso.

"Non immaginavo che la vostra vita insieme sarebbe durata così a lungo. Devo ammettere di essermi sbagliato. Pensavo che avessi preso Chie-chan con te per capriccio" disse mio fratello.

"Trattandosi di una persona, difficilmente avrei potuto farlo per capriccio" dissi.

"Hai ragione."

Mio fratello era un bambino, ed era il tipo che voleva sempre essere al centro dell'attenzione, ma dopo la nascita della figlia era un po' cambiato.

"Sai, in quel momento, qualcosa al di fuori di me mi disse 'Fai così. Tutto andrà bene, fai così'. Non Dio o qualcosa del genere, forse ero io che dal futuro lo dicevo alla me stessa di allora" dissi con una certa emozione. Pensando con nostalgia allo scintillio nelle pupille di Chie-chan in quel momento. "Vivere con Chie-chan è sempre stato molto piacevole. Non c'è mai stato niente di pesante o cupo."

"Capisco. Adesso lo capisco" disse mio fratello.

Prese i due pacchettini con i regali, e si preparò ad andare al suo appuntamento di lavoro.

"Papà ha fatto i controlli e non c'era niente, e anche la mamma sta bene. L'ho vista brevemente a pranzo quando è passata da Tōkyō, e mi è sembrata ringiovanita. Dai, cerchiamo di andarci. Sarebbe bello essere tutti insieme una volta" disse, e mi sorrise agitando la mano.

Il suo viso era esattamente lo stesso di quando era piccolo, e questo mi diede una stretta al cuore. C'era una persona cresciuta con lo stesso frigorifero, gli stessi odori, con il rumore della stessa televisione. Era una cosa che di solito dimenticavo, ma in momenti come questi i ricordi tornavano di colpo, come se si fosse aperta improvvisamente la scatola dov'erano tutti stipati.

Non avevo fatto in tempo a stupirmi per la visita insolita di mio fratello, che arrivò la zia insieme a un mio vecchio amore.
Era un uomo sposato, e naturalmente la nostra relazione era segreta.
Che cosa succede oggi? Forse Dio mi ha vista giù di morale e sta cercando di consolarmi? pensai distrattamente mentre lo salutavo con un leggero inchino.
Doveva avere quasi sessant'anni, ma aveva un aspetto giovanile e allegro.
"Kaori, sei diventata direttrice del negozio?" chiese.
Giapponese, faceva il curatore di mostre, per lavoro girava continuamente il mondo e io avevo avuto una vera adorazione per lui. Inoltre era stato il mio primo uomo. Quando, dopo varie vicende, riuscimmo finalmente a metterci insieme, ero talmente felice che avevo quasi smesso di mangiare. Provai nostalgia per come ero a quel tempo.
Adesso potevo parlare tranquillamente di lavoro.
"Mi piacerebbe andare a cena insieme in Italia, una di queste volte" disse.
I suoi occhi, un po' nascosti dagli occhiali, avevano la stessa intensità di sempre. Ormai da molti anni passava sei mesi in Italia e sei in Giappone, e aveva una bellissima moglie italiana. Lei era una pittrice astratta, e alcuni dei suoi quadri erano appesi anche da noi in negozio. Come c'era da aspettarsi da lui, quando si era sposato lo aveva fatto con una donna non solo bellissima ma che dipingeva anche splendidi quadri. In passato ciò era stato per me spesso fonte di afflizione, ma

ora mi sembrava che tutto fosse andato semplicemente come doveva andare.

Ancora adesso, ogni volta che lo vedevo, sentivo di amarlo.

Anche se era ricco, non vestiva in modo particolarmente ricercato. Jeans, T-shirt, scarpe da ginnastica. Aveva spalle larghe, imponenti, un bel viso dall'ovale tondo, un portamento elegante, non parlava mai troppo di sé e sembrava sempre essere circondato da qualche segreto.

Mi faceva ancora male ricordare quanto lo avevo amato.

"Vivi ancora a Roma?" chiesi, mentre l'immagine della splendida terrazza fiorita di casa sua si disegnava nella mia mente. Un appartamento bellissimo al quinto piano di un antico palazzo vicino al Pantheon, da cui si vedevano le strade del centro.

"Sì, vivo sempre lì. Devi assolutamente venire" rispose con grande naturalezza.

Credo che non potrò mai dimenticare i tanti momenti d'amore vissuti in quella casa, quando sua moglie era assente. Il mio cuore dolente, che desiderava solo stare vicino a lui, era assediato dalle strade di Roma lastricate di pietre, dalle piazze ricche di meravigliose sculture, dai pinnacoli delle chiese.

Quando, verso sera, si sbuca in una grande piazza come piazza Navona o piazza Venezia è come svegliarsi da un sogno per entrare in un altro, ancora più grande e intenso.

Ancora adesso, ogni volta che bevo un prosecco, ricordo la piccola enoteca dove ci incontravamo di solito in quel periodo, e mi vengono le lacrime agli occhi.

Se bevo champagne, non mi succede. Solo il gusto dolce e aspro del prosecco ha il potere di far risvegliare all'istante i ricordi. Era una piccola magia del tutto inattesa che visitava solo me.

A due amanti non servivano tanti pranzi. L'amore saziava, e non c'era bisogno di altro. Avevamo fretta di tornare il più presto possibile su quel lettino con un solo lenzuolo nella stanza degli ospiti, ma quando ci incontravamo, all'inizio le nostre energie impiegavano un po' per entrare in armonia e così bevevamo un aperitivo lì, in piedi. Olive farcite, piccole bruschette, pezzetti di pecorino col miele. Il prosecco, versato nei bicchieri trasparenti, decorava il nostro silenzio. Una bevanda per chi attende la notte con impazienza. Un nettare che nutre l'anima.

"Che nostalgia..." dissi con un sorriso trasognato, incurante della zia.

"Sei diventata bella, Kaori" disse lui.

"Sono diventata una signora di mezza età" dissi.

"No, sei diventata molto più bella" insisté lui. "Probabilmente vivi con qualcuno che ti rende felice."

Purtroppo è una donna, pensai, ma non lo dissi e mi limitai a sorridere.

"Non metterti a corteggiare Kaori" disse mia zia. "Se si licenzia un'altra persona, cadrò svenuta per lo shock."

Sapendo che mia zia non aveva mai avuto una storia con lui, e che non sapeva nulla del nostro passato, potei sorridere in tutta serenità.

La sua particolare aura tranquilla e rassicurante si diffuse nello spazio. Una tranquillità così austera che, ad addentrarvisi più profondamente, anche solo di un passo, sconfinava quasi nella depressione. Quella nota cupa, però, su di me aveva sempre un effetto calmante. In Italia mi capitava, in una chiesa o in un museo, di fronte alla bellezza incredibile delle opere, che tutto davanti a me si annebbiasse. Quando si è troppo esposti alla profondità dell'essere umano, può succedere di doversi confrontare con una solitudine vera, di un livello elevato. Lui assomigliava molto a questo. Aspirai con forza quel profumo tranquillo simile a un cielo dal blu intenso, che potevo assaporare solo in un luogo dove lui fosse presente. Per non dimenticarlo, per trattenerlo da qualche parte dentro di me.

Così tutto il negozio fu avvolto dai ricordi e dalla nostalgia, e io provai un amore ancora più forte per l'Italia. Mi sentii felice di fare un lavoro che mi permetteva di mantenere questo rapporto.

Intanto il mio ruolo di direttrice del negozio si andava delineando. Stavo imparando il lavoro della Yamada e avevo trovato un accordo con la zia sulle mie condizioni economiche: invece di un forte aumento dello stipendio, mi avrebbe pagato le ore che facevo in più, e quando mi fossi assentata per andare a fare acquisti in Italia o per le vacanze, oltre alla ragazza part-time avrebbe chiamato una specie di coordinatrice in grado di prendersi maggiori responsabilità. Inoltre cercavo di riorganizzare l'orario di lavoro.

Mi sembrava che, almeno per qualche tempo, questa soluzione potesse funzionare: io avrei potuto dedicarmi agli acquisti con più tranquillità, e sarei stata più disinvolta anche nel consigliare gli articoli ai clienti. Per rendere il negozio più accogliente cambiai anche la disposizione di diversi oggetti.

La zia non entrava molto in queste decisioni e non si curava troppo di chi facesse cosa, così io continuai con i cambiamenti, ad esempio togliendo alcuni cartelli messi dalla Yamada con scritte del genere "Articoli importati direttamente da Firenze!". Anche se potevano attrarre qualche visitatore di passaggio, a me non piacevano. In un negozio così piccolo avrei spiegato io stessa al cliente, quando ce ne fosse stata l'opportunità, questi aspetti.

Sono una persona semplice, quindi mi era bastato prendere queste iniziative per sentire una gran voglia di fare. In più, il passaggio del mio ex aveva lasciato in me una scia dolcissima, quindi il futuro mi appariva pieno di promesse.

Per decorare uno spazio con cura secondo i propri desideri, deve esserci una vera necessità. Era stata Chie-chan a insegnarmelo.

Qualunque cosa potesse accadere, niente avrebbe cambiato il fatto che vivere con Chie-chan era stato meraviglioso.

Chiuso il negozio, avevo preso la metropolitana, ed ero appena scesa alla fermata vicino a casa mia, quando squillò il cellulare.
"Ciao, direttrice" disse Shinoda.
Io scoppiai in una risata.
Non bisognerebbe mai fare paragoni, ma se il mio ex aveva quella natura malinconica e profonda, Shinoda era invece il classico tipo nevrotico. Le persone nevrotiche sono spesso agitate o irritabili, ma in realtà sono stranamente dotate di humour e hanno riserve di calma inaspettate. Nella velocità della mente di Shinoda c'erano questi aspetti positivi.
"Sì, sono la direttrice" risposi.
"Adesso Chie-chan non c'è, vero? Io sto lavorando e ne avrò ancora per un po', ma dopo avrei un appuntamento proprio dalle tue parti. Quando finisco, potrei venirti a prendere e se ti va andiamo a mangiare qualcosa in un wine bar dove vado spesso, che è aperto fino a tardi. Che ne dici?" disse Shinoda.
Poiché avevo rivisto il mio ex dopo tanto tempo, avrei avuto voglia di crogiolarmi per un po' in quella sensazione dolce. Inoltre avevo in programma, quella sera, di chiamare la mamma per discutere con calma insieme a lei della possibilità di realizzare il progetto di mio fratello. D'altra parte il pensiero che poi avrei finito con l'aspettare una telefonata da Chie-chan mi immalinconiva, ma avevo anche la strana sensazione di poter andare dovunque e poter cambiare qualsiasi cosa.
Quello però era un giorno speciale, in cui Dio mi stava offrendo dei regali per tirarmi su, e quando il telefono aveva squillato, la sorpresa per qualcosa di imprevisto mi aveva suscitato un po' di eccitazione, quindi anche se stanca sarebbe stato un peccato perdere quest'occasione. Così decisi di andare.

Erano circa le nove di sera quando Shinoda mi richiamò, dalla strada principale vicino a casa mia.

"Visto che sei venuto fin qui, vuoi salire da me a prendere un tè?" proposi.

"Va bene, non sono con la mia macchina, quindi basta che scendo dal taxi e sono da te. Solo che ho una gran fame, al punto da non pensare nemmeno di fare sesso" disse Shinoda.

"Perfetto" dissi. "Anch'io ho fame."

Sembrava che fossimo ormai semplicemente amici. Ebbi il presagio spiacevole che sarebbe finita proprio così: amici e basta. Avevo l'intuizione che, a meno che non fosse intervenuto un elemento nuovo, non il sesso o altri sviluppi banali, ma qualcosa di inatteso e imprevedibile a cambiare il corso della corrente, la nostra storia si sarebbe stabilizzata in una semplice amicizia. Era forse presto per deprimermi, ma le intuizioni non sbagliano.

Ma la cosa inattesa accadde.

Disse che avrebbe prenotato il locale un'ora dopo. "Così anche volendo non avremmo il tempo di fare sesso" aggiunse, continuando a scherzare su quel tono.

Dopo poco, Shinoda arrivò alla porta di casa mia.

Era una sensazione davvero insolita, perché era la prima volta che ricevevo un uomo a casa da quando avevo cominciato a vivere con Chie-chan.

"Aiuto, un mondo di donne, non ho il coraggio di entrare" scherzò Shinoda.

Poi si tolse le sue scarpe eleganti e le lasciò all'ingresso. Poiché veniva direttamente dal lavoro, indossava un completo, ma dato che, a parte le spalle larghe, non aveva un fisico particolarmente robusto, non gli donava, anzi lo faceva apparire più magro, ma proprio questo gli dava un'aria tenera.

"Quando c'è Chie-chan, qui è molto più pulito di come lo vedi ora" dissi.

"Però, strano, è diverso da come lo immaginavo" disse, guardando le ipomee nel bow-window con un'espressione concentrata.

"In che senso?"

Pensando che il tè verde a stomaco vuoto non facesse bene, avevo preparato un *pu-erh* leggero, accompagnato da pistacchi e fichi secchi che tenevo in un barattolo di vetro nel frigo. Shinoda, mentre sgranocchiava i pistacchi, inclinò la testa pensieroso.

"Non so come dire... è più accogliente di come pensavo. È un bellissimo ambiente. Mi piacciono soprattutto le ipomee davanti alla finestra. Mi fa pensare a una casa di bambine" disse Shinoda.

Però, è più sensibile di quanto lo avessi giudicato, e capisce molte cose, pensai, con la sensazione di avere scoperto un altro aspetto di lui.

E poi lo spazio mio e di Chie-chan non era sconvolto da Shinoda. Fui sorpresa dalla naturalezza con cui la sua presenza sembrava fluire, fondendosi con l'ambiente. Ma in fondo, a pensarci bene, era stata proprio questa qualità ad attrarmi in lui la prima volta che l'avevo visto, in aereo. Riuscivo a ricordarmene con tutto il corpo.

Riscaldati dal tè e piacevolmente rilassati, ci preparammo a uscire. Io andai nella mia stanza a prendere qualcosa da mettere sulle spalle, quando suonò la porta.

Chie-chan? pensai. Non è possibile. E guardai dallo spioncino.

C'era un uomo mai visto prima.

Shinoda, vedendomi ferma all'ingresso con un'espressione allarmata, mi raggiunse e mi spinse gentilmente da parte.

"Chi è?" chiese.

Era davvero incredibile che una cosa del genere avvenisse quando Chie-chan non c'era e proprio quando per caso Shinoda era da me.

Non avrebbe potuto succedere niente di più imprevedibile.

"Vengo per la signora Seto" rispose l'uomo.

Il mio primo pensiero fu che potesse essere qualcuno della stampa o della televisione alla ricerca di scandali nel mon-

do della politica, che scavalcando l'avvocato era arrivato a noi. Ma non potevo dirlo a Shinoda. Vedendomi sempre più agitata, Shinoda mi chiese sottovoce:
"Chi è la signora Seto?".
"È il cognome di Chie-chan."
Shinoda annuì e disse, rivolto all'uomo:
"Di che cosa si tratta?".
Maledizione, pensai. Ma l'uomo dietro la porta, che aveva un aspetto piuttosto malmesso, rispose in modo del tutto inaspettato.
"Ecco... la signora Seto, che abita qui, qualche giorno fa ha avuto un incidente stradale."
Shinoda mi guardò. Io annuii.
"E allora?" chiese Shinoda.
"Be', il fatto è che sono stato io a chiamare l'ambulanza per la signora Seto, e così mi sono detto che forse mi meritavo un piccolo ringraziamento. Perciò sono venuto. Avevo lasciato i miei recapiti all'ospedale, ma visto che nessuno si è fatto vivo, ho pensato di venire io."
Ero così stupita che mi tremarono le gambe. Ma com'è possibile dire una cosa del genere, inventarsi una simile storia? Mi sentii sopraffatta dalla vastità del mondo.
Shinoda, vedendo che stavo quasi per piangere, aprì la porta in silenzio.
"Cosa sarebbe, un ricatto?" chiese Shinoda. "Senta, io lavoro nel commercio e ho conoscenze in vari ambienti, incluso quello della polizia, parlo di pezzi grossi."
"E lei chi è?" chiese l'uomo.
Shinoda mi fece segno di non farmi vedere.
Mi spostai in modo che dallo spiraglio aperto della porta l'uomo non potesse scorgermi.
"Sono il compagno della donna che ha avuto l'incidente. Questa è casa mia" disse Shinoda.
Grande, pensai.

"Se vi sposaste, verrei volentieri a trovarvi" pensai, anche se non era il momento per pensieri del genere.

Poi Shinoda tirò fuori dalla tasca delle banconote spiegazzate da diecimila yen, ne contò tre e le porse all'uomo.

"Grazie per quello che ha fatto. Non siamo in condizione di poterle offrire più di questo."

L'uomo prese le banconote.

Shinoda tirò fuori il biglietto da visita, e vi scrisse sul retro un numero di telefono.

"Se ci dovesse essere altro, questo è il numero del nostro avvocato. Si rivolga a lui. Se si ripresenterà qui all'improvviso, dovrò chiamare la polizia. Non voglio che spaventi la mia compagna" disse Shinoda con tono che non ammetteva repliche.

L'uomo intascò i soldi e se ne andò. Sentii il rumore dei suoi passi che si allontanavano.

Mi avvicinai in silenzio a Shinoda, poi dissi:

"Grazie, compagno di Chie-chan. A parte gli scherzi, ti sono davvero grata. Grazie grazie grazie".

Shinoda rise:

"Veramente avevo finito i miei biglietti da visita, e mi sono trovato quello di un amico... ma è un caro amico, e il numero è quello di un vero avvocato, quindi non è grave. Però non so perché in questi casi mi perdo sempre nel finale. In ogni caso credo che lo scopo sia stato ottenuto: vedrai che non verrà più. Anche perché non mi sembrava un tipo tanto spavaldo. Ma nel caso, chiamami subito".

"Va bene."

Per un po' rimasi in silenzio. Ero ancora un po' turbata. È scioccante vedere una persona fare cose che non ti sogneresti mai.

"Non essere triste, stai tranquilla. Il mondo di quell'uomo non è il nostro. Nel nostro ci sono ancora molte persone che non pensano di sganciare dei soldi se qualcuno è rimasto

ferito e se si sono trovati a dare una mano" disse Shinoda.
"Qui il portone ha la chiusura automatica, vero?"
"Sì, dev'essere entrato con qualcuno. Il portiere a quest'ora è a casa sua" dissi.
"Be', penso che sarebbe meglio dirgli cosa è successo."
"Sì, certo. Avvertirò il portiere, l'avvocato mio e di Chie-chan e l'ospedale dove è stata ricoverata."
Naturalmente alla fine avrei fatto anch'io come Shinoda, e me la sarei cavata mostrando un atteggiamento deciso. Chie-chan poi probabilmente si sarebbe comportata anche con maggiore freddezza. Ma in ogni caso ero contenta che il pratico Shinoda fosse stato presente. Che un uomo appartenente al mio mondo, con lo stesso sistema di valori, per un caso fortuito, fosse stato lì con me.

E poi quando aveva allungato all'uomo quelle banconote sgualcite, una cosa che non sarei mai stata capace di fare, avevo sentito il suo fascino.

Ero felice che questo inaspettato episodio sembrasse aver rimandato la fine del nostro innamoramento, ed ero un po' eccitata. Era stata una spezia dal sapore un po' sgradevole, ma aveva provocato conseguenze piacevoli.

Era già passata l'ora della prenotazione, quindi salimmo in fretta su un taxi diretti al ristorante, con il senso di solidarietà di due persone che hanno superato un ostacolo e si sono sostenute a vicenda.

"Certo non posso giustificarmi dicendo che il ritardo non è dovuto a quello che pensano loro..." disse Shinoda.

"No, anzi se tenti di giustificarti si convinceranno ancora di più" risi io.

La macchina corse nel paesaggio notturno, e finalmente arrivò al locale che si trovava in una stradina laterale. Poi, senza giustificarci per niente, ci sedemmo al bancone. Più Shinoda faceva il serio e si comportava in modo sofisticato con il personale, più a me scappava da ridere.

Dopo aver appurato che purtroppo nessuno dei due conosceva bene i vini francesi, chiedemmo al sommelier di scegliere per noi una buona bottiglia. Ahimè, a parte il fatto che era un vino prodotto in Bretagna, non riuscimmo a seguire molto della spiegazione. Convenimmo, con nostro dispiacere, che se si prendevano in considerazione i vari aspetti, in genere i vini francesi erano superiori a quelli italiani. Insomma ci ritrovammo a fare quei discorsi seri che si facevano per concludere gli acquisti.

Ogni tanto Shinoda faceva dei commenti così acuti da farmi sobbalzare. Pensai che se vedeva tutte le cose in quel modo un giorno o l'altro avrebbe potuto andare fuori di testa. Anche quando diceva piccole frasi apparentemente insignificanti come "Bere in Italia e in Francia ha un significato completamente diverso. Anche la qualità del piacere quindi cambia completamente a seconda dei paesi, non c'è niente da fare", era interessante, perché si capiva che guardava tutte le cose con lo stesso sguardo acuto. Ed era anche molto istruttivo. Avendo avuto per tanti anni rapporti di lavoro con la stessa famiglia italiana, conosceva perfettamente tutti i lati positivi e negativi di questa esperienza, e sia la libertà che il formalismo degli italiani. Come mai è rilassante parlare con una persona che fa un lavoro simile al mio? mi chiesi. Per il solo fatto di avere a che fare con lo stesso paese, la parte in comune fra noi si espande.

"Oggi, vedendo casa tua, non so perché ma ho capito molto meglio" disse Shinoda, con l'aria di chi comincia a essere leggermente brillo. "Tu vivi con Chie-chan perché le vuoi bene, perché ti piace, questa è la ragione, no? Non per senso del dovere o altro."

"Sì, è vero" risposi.

"Questo è il lato contorto del tuo mondo, Kaori. E Chie-chan è l'unica persona che sia riuscita a incastrarsi in maniera più che perfetta con questa tua parte strana, contorta" disse Shinoda, e io pensai: Ha ragione.

"Credo che lei sia entrata in simbiosi con te in un modo che non sarebbe stato possibile a nessuno: né a genitori né a fratelli, e nemmeno al tuo magnaccia, se ne avessi avuto uno, né a un figlio illegittimo uscito dal tuo grembo."

Annuivo, continuando a pensare: Ha ragione.

"Ma anche questo mi piace di te" sorrise Shinoda. "Non mi importa di quello che c'è sullo sfondo. Sono geloso di ciò che tu ami, tutto qui. Con il lavoro che faccio, ed essendo single, mi capita di incontrare tanti tipi di donne, e tutte cercano sempre in un modo o nell'altro di mostrarti i loro pregi. Tutte vorrebbero sposarsi."

"Penso che sia naturale per una donna" dissi.

"Però a vedere tutti i santi giorni questa sfilata di pregi, mi sono veramente stufato, e vorrei vedere qualcosa di diverso" disse.

"Sì, credo che sia vero: i pregi che le donne vogliono mostrare agli uomini che gli piacciono non rientrano tanto nel genere 'Guarda che se starai a lungo con una come me ti divertirai'. Direi piuttosto che seguono lo schema stabilito del 'Se ti separi da me subirai un danno. È meglio che ti proteggi da questo pericolo sposandomi'. E quando sono in tante a fare così, l'effetto si moltiplica. Io sin dall'inizio non ho mai partecipato a questa gara, quindi tu hai potuto vedere qualcosa di diverso dai pregi. Sono contenta per te!" dissi.

Lui rise.

Ha il modo di ridere di un bambino, mi ricorda mio fratello, pensai. Il modo di ridere tipico di un bambino che si sente al centro del mondo.

Il locale era tutto decorato in rosso, e alle spalle del bancone c'erano file su file di bellissimi bicchieri da vino con un effetto abbagliante. A bere del buon vino in un posto così raffinato, mangiando foie-gras, funghi, pâté, non capisco più in che paese mi trovo. Ma poiché il sommelier versa il vino con quel sorriso inappuntabile tipico dei giapponesi, capisco di essere in Giappone e mi tranquillizzo: sono a una distanza tale da poter tornare a casa in taxi. Non ho bisogno, come all'estero, di preoccuparmi se bevo un po' troppo, né di dover avvolgere la tracolla della borsa ben stretta al corpo. Precauzione spesso inutile, perché all'estero se vogliono te la strappano brutalmente in qualunque caso. Qui invece non c'è nemmeno questa preoccupazione.

Anche se siamo in Giappone, ti puoi divertire come all'estero. E poi, se davvero vuoi andare in Francia e in Italia, puoi farlo in qualsiasi momento.

Sono nata in un'epoca stupenda, pensai.

In un'epoca poco precedente mio padre non avrebbe nemmeno pensato di andare a vivere all'estero perché era stato malato, e probabilmente avrebbe continuato, sebbene malvolentieri, a lavorare anche dopo la pensione. Avrebbe accumulato altri stress e per lui sarebbe stata la fine. Per mio padre il fatto di vivere, dopo essere andato in pensione, nel posto che gli piaceva e come voleva è stata una vera salvezza. Lui sperava di poter trascorrere una vecchiaia serena, ma non sapeva se ci sarebbe riuscito, e invece si sono presentate le giuste condizioni e il suo sogno si è realizzato al di là di ogni previsione. Posso immaginare quanto sia sconvolgente, per le persone della sua generazione, vivere in un'epoca in cui queste cose sono diventate possibili.

Ammiro mio padre per essere riuscito a fare un cambiamento del genere. E mia madre che lo ha seguito.

"Quando le persone hanno delle aspettative, diventano sempre un po' meschine. Io non sopporto di vedere questa meschinità. Penso sia la cosa che meno si addice a tutte le donne del mondo" disse Shinoda interrompendo il flusso dei miei pensieri. Era il seguito del discorso di prima.

"Credo di capire cosa intendi" dissi.

Io stessa, che oggi parlo così, credo di aver mostrato in pieno la mia parte meschina al mio ex, quello che è venuto oggi al negozio, ma ero così incredibilmente giovane! Pur sapendo che non sarebbe cambiato nulla, non riuscendo a farmene una ragione, lo inseguivo disperatamente. Era anche colpa dell'età.

Adesso, il pensiero che la gioia di vivere con Chie-chan stava per finire mi riempiva il petto. Ogni volta che me ne ricordavo, affiorava l'immagine della sua stanza, stringendomi il cuore. Ma riuscivo a ragionare con distacco, dicendomi che se Chie-chan non si fosse sentita a suo agio con me, non dovevo oppormi. Continuava a tornarmi alla mente, la stanza vuota di Chie-chan. Ma basta, non era per niente detto che se ne sarebbe andata per sempre, quindi era meglio piantarla con il pessimismo e tentare ancora una volta, faccia a faccia, di convincerla a restare. A questo pensiero subito gli occhi mi si riempirono di lacrime.

Probabilmente Chie-chan era la mia sorella più piccola, mia figlia e mia madre. Era stata anche la mia scoperta dell'"altro". Senza che me ne accorgessi, per la prima volta nella mia vita avevo potuto vivere pienamente un rapporto con una persona nel modo in cui volevo, e ne ero stata appagata.

Mia madre era stata subito assorbita da mio fratello, e nel delicato periodo dell'adolescenza, tutta la famiglia aveva dovuto concentrarsi sulla lotta contro la malattia di mio padre. Non che non abbia ricevuto amore, ma sono sempre stata sola. Adesso per la prima volta, senza dovermi trattenere, avevo potuto avere qualcuno tutto per me, qualcuno di cui preoccuparmi e che si preoccupasse di me.

E così qualcosa dentro di me era finito.

Qualcosa di triste e infelice in me era sparito, e ora provavo una sensazione come se dai piedi fossero spuntate delle radici che si spandevano nella terra, e in qualunque posto del mondo mi trovassi, o in qualsiasi circostanza, non ero più una creatura sola. Amavo e ricevevo amore con naturalezza ed ero appagata. Sentivo di avere raggiunto pace ed equilibrio, come gli abitanti delle isole del Sud che si nutrono delle papaie e dei manghi che crescono nel loro giardino.

Pensai che grazie a Chie-chan avevo compiuto la mia riabilitazione.
Poi guardai Shinoda un po' commossa.
Pensai che forse il fatto che io potessi avere una love story con un uomo così instabile e dedito alle avventure era una prova di quanto fossi diventata equilibrata. Nonostante la sua posizione e il suo lavoro fossero quanto di più stabile, il suo carattere era irrequieto ed era sempre alla ricerca di qualcosa.
"Ma in fondo a te interessano poco i discorsi degli altri. Non dico che ciò mi dia fastidio. Però la noia ti accompagna spesso e ti fa sempre guardare gli altri un po' dall'alto in basso. Hai scritto in faccia che ormai non ti aspetti più niente dalle persone. Sei com'ero io un tempo" dissi. "Però, ascolta un momento. Io ero una che quando comprava un mazzo di fiori e li sistemava sul tavolo, pensava subito al momento in cui sarebbero appassiti. Mi dicevo: Dureranno una settimana? Se si seccano prima questi fiori qua, li butto e quelli che restano li sistemo in quell'altro vaso... Se andavo a passare una notte in un albergo con una bella vista sul mare, prevedevo più o meno l'arredamento della stanza, cosa avrebbero servito al ristorante, come sarebbe stato il servizio, e se tutto era come avevo immaginato, mi sentivo tranquillizzata, ma nello stesso tempo mi annoiavo."
Shinoda annuì. Io proseguii.
"Ma Chie-chan riesce davvero, fino al momento in cui il fiore appassirà, ad affidare tutto al fiore. Per me il tempo era qualcosa che avanzava in maniera rozza in avanti, e ancora avanti. Ma i momenti di Chie-chan si dividono in frammenti ancora più brevi, già eterni e infiniti. In un momento di Chie-chan sembra che un milione di mondi si sviluppino con colori abbaglianti. L'ho imparato. E la mia noia è scomparsa" finii sorridendo.
Shinoda annuiva con un'espressione seria.
Lui, che taceva con atteggiamento modesto, sembrava tranquillo come la prima volta che l'avevo visto. Pensai luci-

damente che questa calma limpida, intelligente, che era la sua essenza, mi piaceva. Tutto doveva ancora iniziare.

"Interessante... Il mondo senza noia in cui vive Chie-chan aveva un ingresso un po' stretto, ma una volta che ci sei entrata ti sei trovata in un luogo talmente vasto che hai deciso di non uscirne più, Ti si è aperta la porta su una realtà nuova, diversa, e ti sei spostata lì. Voi guardate un mondo che non è quello dove sono io adesso" disse Shinoda.

Complimenti, pensai dentro di me.

Fino al momento di uscire dal ristorante restammo quasi in silenzio. Io avevo la sensazione di aver parlato troppo. Però trovavo un po' noioso restare confinati nei ruoli di uomo e donna, e così mi era venuta voglia di provocarlo. Ma anche se volevo dire quello che pensavo nel modo più normale, lui mi guardava le mani, il seno, le labbra.

In ogni caso, molto meglio lui di quelli che fanno solo finta di ascoltare.

Avevamo bevuto, eravamo soli e non avevo nessuno che mi aspettasse.

Tutto era troppo facile. Era l'inizio di qualcosa di prevedibile, ed entrambi avevamo avuto troppe esperienze per seguire questo schema.

Le strade buie, la mezzaluna che splendeva bianchissima, il profumo dell'estate che finiva erano troppo sensuali. Le sagome dei palazzi si stagliavano contro il cielo opaco. Diversi taxi ci passarono davanti. Era difficile separarsi.

Però dissi:

"Io... vado. Ho ancora l'episodio di prima da smaltire. È stata una vera fortuna che ci fossi tu a salvarmi. Se ti va, chiamami ancora".

Lo guardai: aveva gli occhi socchiusi e le labbra tese in una smorfia.

Poi, un istante dopo, davanti alla saracinesca abbassata di un negozio, mi abbracciò stretto.

Un bottone della sua giacca che mi premeva sul viso mi

faceva male. È più alto di come mi era sembrato, pensai. Ma sì, in aereo lo guardavo seduta dalla poltrona, quindi mi era sembrato più o meno della mia altezza. Aveva un buon odore, sembrava profumo di rose, ma non era eau de toilette, era proprio il suo odore naturale. Sentivo il battito del suo cuore. Mi stringeva così forte che avrebbe potuto rompermi, e io mi abbandonai. Anche le mie braccia erano abbandonate. Era moltissimo tempo che non mi succedeva di essere abbracciata così da una persona vestita. Era bello toccare allo stesso tempo il tessuto e il calore della pelle. Il vento fra i palazzi mi spettinava i capelli.

"Che cosa mi hai fatto? Mi hai fatto innamorare sul serio, sai?"

Poi mi baciò. Fu un bacio molto appassionato, completamente diverso da quello della prima volta.

Non avere fretta, pensai. Anch'io ero come te un tempo, quindi lo capisco bene. Quello che stai cercando adesso è solo un punto, un posto che sta in mezzo alle mie gambe e che vorresti toccare tante tante volte, dove vorresti entrare, solo questo. E se te lo permettessi, la tensione comincerebbe a calare. E poi, fra tre mesi, ti verrebbe a noia. Ti sei solo intossicato di questo momento, il più bello. Lo so, lo so. Certo, l'ho vissuto anch'io. Innamorarsi è bello, lo penso anch'io. Lo penso davvero. Vorresti che questo momento continuasse per tutta la vita. Questa notte dormiremo ripassandoci nella mente questo bacio. Tutti e due. Una felicità che è solo di questa notte...

Però, Shinoda era pienamente sincero. Capivo anche questo.

Incollando il suo corpo al mio sino a non lasciare il minimo spiraglio, spingendo il bacino contro il mio fin quasi a incastrarli, mi baciò ancora molte volte. Come una cosa, come una bambola. E anche come uno che affonda all'infinito il suo viso nel pelo di un gatto in un luogo assolato.

Come se gridasse: il tempo corre, voglio fermare il tempo!

Poi si staccò dal mio corpo, e in silenzio fermò un taxi. Quindi, con un sorriso, mi strinse ancora una volta.

"Buonanotte" disse, alzando una mano. Poi anch'io fermai un taxi.

Il suo profilo dal mento tondo e armonioso, il naso piccolo, il corpo minuto ma dalle spalle inaspettatamente larghe, l'elegante sagoma del suo abito dal tessuto raffinato... sparirono all'interno del taxi.

Io, col viso ancora arrossato, dissi al conducente l'indirizzo.

Del castello dove Chie-chan e io avevamo trascorso giorni felici.

Alla luce del mattino, la magia dell'innamoramento si era completamente dissolta.

Con gli occhi gonfi per il sonno e il troppo bere, mi preparai e andai al negozio. Mentre facevo le cose di tutti i giorni, ero di nuovo la Kaori di sempre. Ah, vorrei tornare indietro a ieri sera, pensai.

Ma mi bastava pensare che probabilmente lui avrebbe pensato a me molte volte durante quel giorno, e in qualche modo fioriva in me quella sensazione piacevole di "solo adesso". L'innamoramento passa, ma adesso è bello. Lui è un uomo adatto per l'amore, ma non so ancora dire se sia così interessante da poter avere con lui una storia lunga. Poiché prevedere il futuro sarebbe stato noioso, decisi di concentrarmi solo sull'adesso, ma forse a causa dei miei anni, almeno in parte indovinavo ciò che sarebbe stato, e questo era triste.

Del fatto che le cose vanno sempre allo stesso modo, non so se la colpa sia mia o se sia un destino comune, ma Shinoda nascondeva ancora molto da scoprire, quindi se non altro sembrava che fosse interessante. Avrei scommesso su di lui, ma senza pensarci troppo profondamente.

Quando sono al negozio vedo passare davanti all'ingresso tante persone.

Gente che cammina in fretta parlando al cellulare, ragazze che chiacchierano fra loro, ragazzi del club di baseball che fanno jogging per allenarsi, casalinghe che fanno la spesa, donne che spingono passeggini, gente di tutti i tipi. Io non penso che mi piacerebbe diventare qualcuno di loro. Penso che forse in mezzo a loro non c'è nessuno che si senta appagato come me.

Se fossi una che pensa:

"Visto che Chie-chan è tanto brava a fare la zuppa di *miso*, perché non fa un piccolo sforzo e cucina anche il resto? Che cosa irritante!"

oppure

"Mi piacerebbe tanto fare un viaggio ma ora che sono diventata direttrice mi è diventato impossibile"

oppure

"Quella cliente di ieri era veramente insopportabile, perché deve venire gente di quel genere?"

oppure

"Mia zia ama troppo la mondanità, e questo è un problema: nel nostro lavoro ci vorrebbe uno stile più sobrio"

oppure

"Yamada, la ex direttrice, adesso sarà sotto pressione col suo lavoro, peggio per lei!"

oppure

"Però come mai Shinoda, che è un uomo, non ha insistito un po' di più per passare la notte insieme? Sarà perché non sono più giovane?".

Se io fossi una persona che pensa cose del genere, sono certa che sarei terribilmente infelice adesso.

Però, se a pensarci un po' mi sono venuti tutti questi esempi, forse vorrà dire che in fondo al mio cuore questi sentimenti ci sono. Ma, relativamente parlando, non credo ci siano. Mi si potrà dire che sono egoista, arrogante, ottusa, ma per me il mondo non è qualcosa che a un certo punto debba cambiare per diventare come dovrebbe. Il mondo è quello che è adesso, e quello che c'è adesso è il mondo.

Quella specie di corrente che io e Chie-chan avvertiamo si presenta più o meno sempre allo stesso modo, e né io né lei cerchiamo in nessun modo di opporci al suo flusso. Quando dobbiamo entrare in questa corrente (come quel giorno al funerale, come per il discorso sui trecentomila yen, come quando io ho taciuto a mia madre il segreto di Chie-chan), ci entriamo rapidamente e in silenzio. E solo quando i frutti ottenuti sono come pesci che saltano guizzando, siamo ricompensate. Se pensassimo troppo profondamente o avessimo delle opinioni contrarie al flusso della corrente, svanirebbe. È come una bella schiuma sull'acqua. Siccome prima o poi scomparirà, è meglio cercare ogni volta di godercela dall'inizio alla fine.

E avevo l'impressione che anche il lato che Shinoda vedeva in me e che gli piaceva fosse qualcosa di simile.

Era un ragazzo di buona famiglia, a capo di una ditta che non dava nessun segno di crisi, aveva l'aura raffinata di un uomo che viaggia all'estero, un atteggiamento da persona educata, modi perfettamente corretti... eppure io non avevo, nei confronti di queste sue doti e di ciò che rappresentavano, nessuna aspettativa. E credo che questo mio disinteresse dovrà essergli sembrato qualcosa di completamente nuovo e inatteso.

Quanto era avvenuto la sera prima era ancora come un sogno, e faceva fluttuare intorno a me una lieve atmosfera di innamoramento.

Da giovane avrei pensato: se solo un bacio è così bello, che meraviglia sarà andare a letto insieme... e invece adesso avrei voluto prolungare il più possibile il presente.

Avrei voluto vedere il suo lato interessante fino a che lui mi piacesse in modo ancora più irresistibile. Avrei voluto sentir crescere la mia curiosità nei suoi confronti fino al punto di non riuscire più io stessa a trattenermi. Avrei voluto assaporare ancora di più quella sensazione unica che si produce quando siamo insieme, quello spazio magico che vediamo solo noi due.

Forse la nostra relazione assomiglierà in eterno a quel momento vissuto in aereo.

Nella maggior parte dei casi, l'incontro simboleggia la relazione fra due persone. Quella particolare sensazione mista di languore e lucidità, nell'aria leggermente fredda dell'aereo, avvolti nelle coperte, illuminati dallo schermo che proiettava il film e dalla luce giallastra dei faretti che illuminano i posti, in silenzio... soli, nonostante le tante persone intorno a noi. Senza più età, senza nessuna identità.

Quando questa sensazione miracolosa svanirà, svanirà anche l'amore.

Mi tornarono in mente, con lo stesso grado di dolcezza, la voce affannosa di Shinoda la sera prima, e la sensazione di quando Chie-chan mi aveva telefonato piangendo in quella notte di pioggia.

Le emozioni di altri, come doni indirizzati a me, pensando a me.

Caramelle che non potrei regalare, non potrei dividere con nessuno.

Quella sera, raccontai al portiere del palazzo dove vivo quanto era successo il giorno prima. Lui, che è una persona molto seria, rimase male per l'intrusione dello sconosciuto, e disse che avrebbe messo un cartello e che almeno nelle ore in cui era di servizio sarebbe stato attento che la cosa non si ripetesse. Siccome nel frattempo avevo avvisato anche l'avvocato di Chie-chan e della zia, mi sentii più tranquilla.

Quando, arrivata al mio piano, aprii la porta dell'ascensore, sentii subito un odore di zuppa di *miso*. Strano, pensai, e percorrendo il corridoio vidi che la finestra della cucina del mio appartamento era illuminata.

Chie-chan era tornata.

Nel corridoio mi vennero le lacrime agli occhi. Il pavimento lucido e brillante mi apparve deformato.

Poi mi asciugai le lacrime e aprii la porta con la chiave.

"Sono io! Bentornata!" dissi tutto d'un fiato.

Chie-chan, un po' abbronzata, apparve lentamente.

"Sei tornata presto" disse.

"Anche tu" sorrisi.

"Quando mi trovo in quell'ambiente, parlo di più. A Tōkyō, tutti parlano tanto che a me viene voglia di star zitta" disse. "Ho preparato la zuppa di *miso*."

"Grazie."

Mi tolsi le scarpe, le lasciai all'ingresso ed entrai nella vita di sempre.

Chie-chan disse che le andava bene tutto, purché le facessi mangiare il riso bianco. Non ne poteva più di riso integrale. Allora io preparai riso bianco e salmone arrostito.

Poi cenai insieme a Chie-chan.

Era una scena talmente familiare che tutto quello che c'era stato nel frattempo mi sembrò di colpo lontano come un sogno.

"Com'è stato lavorare nei campi?" chiesi.

"Hmm... a dire la verità non sono riuscita a dedicarmici fino al punto di voler vivere lì" disse Chie-chan. "In effetti, mi piacciono di più il clima e le piante del Giappone, sono più delicati. Quando mi allontano dall'Australia mi viene un po' di nostalgia per quella natura più primitiva, quindi probabilmente ci tornerò, ma mi basta andarci ogni tanto."

Era la Chie-chan di sempre, calma e serena, una persona completamente diversa da quella che aveva pianto al telefono.

"Allora resterai?" chiesi.

Chie-chan mi guardò negli occhi e, dopo essere rimasta un momento in silenzio, annuì.

"Evviva!" dissi, e felice mi stesi sul pavimento. La moquette che avevo davanti agli occhi non recava la minima traccia di polvere, e io capii che Chie-chan, dopo essere arrivata, aveva già fatto le pulizie.

Se Chie-chan se ne fosse andata, penso che l'avrei accettato e sarei anche andata a trovarla, ma adesso mi sembrava che cercare una vita insieme a lei fosse lo sviluppo più naturale delle cose.

"A proposito, l'uomo che ti ha soccorso è venuto qua a farsi dare dei soldi" dissi. "Per caso c'era qui un mio amico che lo ha mandato via. Comunque ho già avvisato il portiere e l'avvocato, quindi non credo che si farà più vedere."

"Quella sera non mi ha soccorso nessuno" disse Chie-chan. "Siccome il cellulare era volato da qualche parte e non lo vedevo, ho chiesto a una donna che stava lì di lasciarmi usare il suo, e ho chiamato un'ambulanza. Poi subito qualcuno ha trovato il mio cellulare e me l'ha portato, così ho potuto chiamare te dal mio e lasciarti un messaggio. Poi ho ringraziato quella donna. Ah, adesso mi viene in mente che lei era insieme a un uomo dall'aspetto un po' strano. Mi sta tornando in mente pian piano la scena. Quando è arrivata l'ambulanza mi hanno chiesto nome e indirizzo, e lui probabilmente deve aver sentito."

"E gli sarà venuta l'idea di farsi dare dei soldi" dissi.

"Probabile" disse Chie-chan. "Ma non mi ha dato nessun aiuto. Quelli dell'ambulanza mi hanno aiutato ad alzarmi e mi hanno portato all'ospedale, tutto qua. Dentro, mi vergognavo di stare distesa. Del resto potevo stare in piedi senza difficoltà e sull'ambulanza sono salita da sola."

"Però di solito fanno stendere la gente. Può succedere – soprattutto quando uno ha battuto la testa – di morire alcuni giorni dopo. Quindi dicono che bisogna muoversi il meno possibile" dissi.

"Ma io non ho battuto la testa. Mi sono solo fatta qualche

graffio sul viso" disse Chie-chan, indicando la piccola cicatrice non ancora scomparsa del tutto.

"Meglio, che tu non sia stata aiutata da quel tipo" dissi.

"Sì, non ha avuto la minima parte in questa storia" disse lei decisa.

"Certo che gli esseri umani sono spaventosi" dissi. "Venire a casa per una cosa di questo genere!"

"Ci sono anche persone così" disse Chie-chan con semplicità. "In Australia invece dopo tanto tempo mi è capitato di pensare esattamente l'opposto, e cioè come, se uno ci riflette, le persone possano essere straordinarie. Perché riescono a tradurre l'immaginazione in realtà. Un tempo c'era il mare, si pescavano i pesci, l'esistenza era semplice e primitiva, e guarda com'è diventata la nostra vita.

All'inizio deve esserci stato un uomo che trovandosi in un bel posto ha provato il desiderio di passare tutta la notte a guardare il mare, pensando che sarebbe stato piacevole. Poi c'è stato qualcuno, venuto da lontano, che voleva fermarsi lì per guardarlo sia di sera che di mattina, e poi un altro ha pensato, per lo stesso scopo, di costruire un'abitazione, quindi sono spuntati, uno dopo l'altro, il desiderio di bere qualcosa guardando il mare, il desiderio di toccare i delfini, il desiderio di viverci, in quel luogo, il desiderio di un'imbarcazione per uscire in mare, e tutti questi desideri hanno cominciato a creare tante cose concrete: il tè, i cibi, gli insediamenti turistici... eppure tutto è nato da pensieri come 'sarebbe bello avere una cosa così'. Questi pensieri, questi desideri, a un certo punto hanno preso la forma di edifici, bicchieri, sedie, tavoli, letti, no? Tutte cose che prima non esistevano.

Pensando che quegli edifici pazzeschi che esistono sono nati solo dal desiderio di bere qualcosa guardando il tramonto, ho concluso che l'uomo è davvero un essere incredibile. Insomma, per farla breve, mi sono detta che bisogna avere più fiducia nell'essere umano. È una sensazione che, quando si è in Giappone, soffocati dai troppi problemi legati al denaro, si finisce col dimenticare. Anche perché si è presi dalla fretta."

"Anche tu, Chie-chan, sei presa dalla fretta?" dissi.

"Non è proprio che io sia presa dalla fretta, ma siccome mi circonda da tutte le parti, ne sento l'odore e ne sono influenzata anch'io" disse. "In Giappone tutto è diverso. La vita che conosco io in Australia è, se il tempo lo permette, uscire nei campi sin dal mattino presto, godermi moderatamente il piacere della raccolta, fare dei pasti frugali, accendere le luci quando arriva il tramonto, solo questo. Non vi è nessun miraggio di un domani superiore.

Guardavo le persone che facevano surf, nuotavo, bevevo birra, mi divertivo anche in altri modi, e quando si faceva buio andavo a dormire, nient'altro. Ma a continuare questa vita in eterno, ci si annoia. Anche i rapporti umani erano complicati. E poi vedevi solo gente pelosa.

Però, poiché pensavo di non poter fare in Giappone la vita che io conoscevo, mi ero rassegnata a non ritornarci.

Ma quel giorno, quando ho incontrato te, Kaori, ho avuto una specie di illuminazione: certo, c'è lei, con lei il tempo potrebbe scorrere in modo diverso. E così ho provato a chiederti di vivere con te, e penso sia stata davvero una buona idea.

A stare con te ho ritrovato un po' il profumo del tempo in cui da piccola vivevo con mia madre. C'era quella sensazione di libertà che amavo e che ricordavo con nostalgia. Perciò, finché vivrò con te, penso di poter restare in questa città.

Ora che ho lavorato nei campi quanto volevo, e che il mio desiderio e la mia nostalgia della campagna sono spariti, vorrei dedicarmi seriamente, per qualche tempo, solo alle mie ipomee. Ho sentito che quando i fiori sono grandi si possono tentare incroci, e fare scambi o vendite. Se pensi che ci siano abbastanza soldi, mi compreresti un computer per potermi collegare a internet? Così potrei migliorare le mie conoscenze sulle ipomee. Se per caso decidessi di sposarti, penso che con i soldi che adesso ricevi per me, io avrei abbastanza per vivere, quindi non dovresti preoccuparti. Solo che, siccome mi piace stare con te, mi piace da tutti i punti di vista, se a te non dispiacesse, vorrei continuare a vivere vicino a te."

"Di questo passo, non escludo che potremmo arrivare così alla vecchiaia" dissi.

"Se anche fosse, a me andrebbe bene. Non mi dispiacerebbe per nulla" rispose Chie-chan.

E così cominceranno tante cose nuove. Anche se sembra che tutto resti uguale, in realtà cambia continuamente. È solo che non ce ne accorgiamo, perché le novità si confondono con cose che sembrano le stesse di ieri, pensai.

L'aria aveva l'odore di quando cominciano le cose nuove, fresco come quello che sprigiona un gambo di sedano spezzato di netto.

Inviai un messaggio al cellulare di Shinoda:

"Chie-chan è tornata. Kaori".

Lui mi rispose immediatamente:

"Accidenti! Shinoda".

Non sapevo come sarebbe andata a finire fra noi due, ma in qualunque caso ero certa che saremmo sempre tornati a quel primo momento.

A quel mondo silenzioso in penombra, a quello spazio rassicurante fra sogno e realtà.

Anche stamattina Chie-chan, dopo essersi svegliata, mentre riscalda al microonde il tè al latte preparato da me e lo sorseggia lentamente, pensa a quale corso prenderà la giornata.

Canta la sua solita canzone triste, ma nella luce del mattino sembra un po', giusto un po', più allegra.

Poi guarda a lungo le ipomee davanti alla finestra.

Non ho la minima idea se Chie-chan andrà a comprare i semi e le piantine di ipomea, se andrà in giro a cercare un computer di seconda mano, o se resterà tutto il giorno a casa a fare pulizie. Ma a guardarla, mi sento felice.

In momenti come questi Chie-chan sembra studiare la canzone di quel giorno, la sua melodia, come se stesse componendo una musica.

Mi basta vedere questa scena perché la routine dentro di me svanisca.

Persino io riesco a distinguere insieme a lei ciò che esiste solo oggi, il suo timbro speciale.

Lo leggo con precisione, come una nave che attraversa il mare, tagliando le onde. Questo è vivere.

Chiudo gli occhi.

La luce tinge il mondo di un bel colore arancione.

Provo un po' a contare le cose che sono solo mie.

Le luci riflesse sul mare che sprofonda nel buio della sera, viste dalla barca al ritorno da Murano (è stata l'immagine della nave a evocare questa associazione). A ogni oscillazione delle onde oscillavano anche le luci, dividendosi in migliaia di scintille.

La magia delle bolle imprigionate nel vetro del bicchiere veneziano. Il canale di notte che sembrava vasto come il mare, visto dalla finestra dell'Harry's Bar.

La sensazione di stupore quando, spinta come un automa da un'orda di persone, arrivai alla Cappella Sistina e alzai lo sguardo verso il soffitto. Quell'azzurro incredibile che mi penetrava negli occhi.

La purezza dell'Annunciazione dipinta da Fra' Angelico, il chiostro silenzioso del convento di San Marco. Quando finalmente arrivai lì, quella pittura sembrava irradiare luce all'infinito.

La bellezza di una Maria incredibilmente giovane scolpita da Michelangelo nella Pietà.

Il sapore del limoncello fatto in casa, da sua madre, nel frigorifero dell'appartamento di un mio vecchio amore. Il sapore forte dell'alcol, una dolcezza da incanto, e un profumo come di limoni appena spremuti. Le notizie del telegiornale che risuonavano dietro di noi in italiano. Allora non arrivavo a capirne nemmeno metà.

E poi, e poi.

La figura di spalle dei miei genitori che passeggiavano, accaldati, lungo il sentiero nel giardino dell'albergo di Penang. Mia madre a braccetto con mio padre.

L'azzurro trasparente dell'acqua di quella piscina.

Il bacio appassionato con Shinoda, che esiste solo nel presente.

Quello strano profumo di rosa che emanava dal suo petto.

La linea precisa della frangetta di Chie-chan.

Le linee fluide come arabeschi delle ipomee che decorano la finestra di casa mia.

Gli scaffali del negozio, dove quando si vende una cosa, la disposizione non ritorna mai quella di prima.

La morbida bellezza dei gesti generosi di mia zia.

Nella luce, appagata di tutto, mi godo l'incantesimo.

Quello dove sono adesso è solo il mio piccolo appartamento, ma se chiudo gli occhi, posso vivere in tutti quei luoghi meravigliosi, luoghi che sono solo miei. Cose straordinarie si affollano in me tutte insieme, come una miriade di luci fittissime, superando i confini del tempo.

Provo a guardarmi dall'esterno, e a descrivermi nel modo più spietato. Non è difficile, e da un certo punto di vista sarebbe anche veritiero.

Una donna maniaca dell'Italia, che ci è andata molto spesso, si innamora, lavora grazie alla parentela con la zia, ne approfitta per andare ancora altre volte in Italia dandosi arie di donna d'affari, vive da single ma soffre talmente la solitudine che si prende in casa una cugina un po' strana che non è nemmeno lei una ragazzina, e vivono tutt'e due insieme come due stanche donne di mezza età, e quando un uomo divorziato e scombinato le fa un minimo di avance, ne è lusingata, inizia una storia, e così passa la sua vita, senza aver concluso niente. Intanto gli anni scorrono in fretta. Non ha figli. Tutto va in calando. Fine malinconica di una vita egoista.

Invece, non è così per niente. Nel mio petto ogni giorno c'è qualcosa che brilla, rosso e fulgente, come una fiamma che brucia, e anche se qualcuno che passa mi guarda dall'esterno non la vedrà né io farò nulla perché la possa vedere. Io sono fatta di un enigma incandescente. Nascondo un mistero enorme, molto più grande del mistero dell'universo.

In realtà tutte le persone sono così, ma il fatto è che io ne sono già consapevole.

E tutto questo scintillio, come di una pietra preziosa gigantesca, appartiene soltanto a me.

GLOSSARIO

-*chan*: suffisso posto dopo il nome di persona, è usato soprattutto per i bambini ma anche tra adulti, in situazioni di intimità e confidenza (in famiglia, tra amici ecc.).
futon: l'insieme di materasso e trapunta usato per dormire in Giappone nelle stanze di stile tradizionale. Il *futon* si distende a terra e di giorno viene piegato e riposto negli appositi armadi. La trapunta può anche essere utilizzata sul letto di tipo occidentale.
instant ramen: (giapp. *insutanto rāmen*) *rāmen* (v.) liofilizzati o precotti, che si vendono già completi di condimento. Si preparano versandovi acqua bollente e sono pronti in pochi minuti.
katsuobushi: filetto di pesce (bonito, tonnetto ecc.) essiccato. Tagliato in scaglie sottilissime, è servito come condimento per vari piatti fra i quali l'*okonomiyaki* (v.).
-*kun*: suffisso posto dopo il nome di persona, è usato per i bambini, fra giovani coetanei, da persone adulte nei confronti di amici e colleghi più giovani ecc.
miso: pasta di fagioli di soia bolliti e fermentati, ingrediente essenziale della cucina giapponese. Si usa fra l'altro per la zuppa di *miso*, uno degli elementi principali dei pasti giapponesi.
okonomiyaki: piatto costituito da un impasto di farina, acqua e altri ingredienti (verdure, carne, gamberetti ecc.), cotto

in padella o su una piastra rovente e servito con *katsuobushi* (v.), maionese, salsa ecc.

Otafuku: importante industria alimentare giapponese. Fra i suoi prodotti, molto diffuse le salse per condire vari piatti, fra i quali l'*okonomiyaki* (v.).

pu-erh: tè cinese noto per le sue proprietà benefiche. La sua specie più rinomata è originaria della regione dello Yunnan.

rāmen: tagliatelle di farina di frumento servite in brodo. Piatto di origine cinese, è ampiamente diffuso in Giappone.

soba: tagliatelle di grano saraceno servite in brodo o asciutte con condimenti vari.

tatami: unità base del pavimento tradizionale giapponese di misura standard (90x180 cm ca) composta da una stuoia di paglia fissata su una cornice di legno e ornata da un bordo di passamaneria.

tōfu: pasta di fagioli di soia di colore biancastro e della consistenza di un budino.

udon: morbidi tagliolini di grano tenero, piuttosto spessi, generalmente serviti in brodo.

yamaimo: (*Dioscorea batatas*) igname. Pianta erbacea tropicale a fusto volubile con radici a tubero contenenti amido. Utilizzata nella preparazione di vari piatti fra i quali l'*okonomiyaki* (v.).

Stampa Grafica Sipiel
Milano, giugno 2008